百歳 いつまでも書いていたい

小説家・瀬戸内寂聴の生きかた

瀬戸内寂聴 Setouchi Jakucho

はじめに

編集部

二〇二一年十一月九日、小説家で僧侶の瀬戸内寂聴さんが、心不全のために九十九歳で亡くなりました。

本書は、一九九八年から二〇二一年にかけて寂聴さんが出演した、NHKの「ラジオ深夜便」と「高橋源一郎の飛ぶ教室」という二つのラジオ番組の「語り」をもとに再構成したもので、本来であれば二〇二二年五月十五日、寂聴さん百歳の誕生日に合わせて刊行する予定でした。

本書の大きな特徴は、寂聴さんの「出家者」としての側面ではなく、「小説家」としての側面に焦点をあてたことにあると思います。残念ながら満百歳の誕生日を迎えることはかないませんでしたが、寂聴さんは日ごろから、「法話は出家者としての義務で、本業は小説家。わたしが数え百歳になっても活動を続けられる理由は、いつまでも書いていたいという気持ちがあるから」とおっしゃっていました。

それを裏付けるのが、本書に掲載したラジオ番組での独り語り、そして、伊藤比呂美さん、高橋源一郎さんとの対話の肉声です。そこで語られる寂聴さんの言葉は、法話とは一味違う、文学者の視点や小説家としての本音・気概に満ちていることがおわかりになると思います。

瀬戸内寂聴さんにとって、「書く」という行為そのものが生きることでした。「生きているかぎり、書き続ける。だって、それが楽しいから」。小説家・瀬戸内寂聴が遺した言葉に、人がいきいきと日々を生きるためのヒントがちりばめられています。

本書の刊行にあたり、寂聴さんの秘書・瀬尾まなほさんに多大なご協力を賜りました。

瀬戸内寂聴先生のご冥福を心よりお祈り申し上げます。

百歳　いつまでも書いていたい——小説家・瀬戸内寂聴の生きかた　目次

編集協力 湯沢寿久
校閲 髙松完子
DTP 山田孝之

第一章　わたしと『源氏物語』

（瀬戸内寂聴　76歳）

（関西発ラジオ深夜便　こころの時代「源氏物語にとりつかれて」一九九八年十二月十二日、十九日）

出家後に再読して気づいたこと

『源氏物語』の現代語訳が仕上がりましたのは今年（一九九八年）の三月でした。それから今までに二百万部の売れ行きを突破いたしました。これは予期しなかったことでございます。どうしてこんなに『源氏物語』をみなさんが読んでくださるかというと、わたしが訳した『源氏物語』がとにかくわかりやすいからだと思います。

今まで、すでに与謝野晶子さん、谷崎潤一郎さん、円地文子さんという天才文豪が立派な現代語訳を著していらっしゃいます。しかし、戦後五十年が経ちまして、国語力が低下したのでしょうか、みなさん、それらの訳が読み切れないと言っております。

それで、日本のすべての人に『源氏物語』を読んでもらいたい、少なくとも『源氏物語』が千年前に書かれたということを知ってもらいたい、そういう気持ちで、わたしはこれを訳し始めました。もちろん三人の素晴らしい訳がありますので、今さらわたしがそれに挑戦することはないんじゃないかとずいぶん迷いました。

わたしはちょうど明日、十一月十四日で（放送のもととなった講演は十一月十三日に行われた）、満二十五年の得度式を迎えます。今から二十五年前、昭和四十八年、一九七三年の明日、わたしは出家いたしました。そしてその年に、円地文子さんの『源氏物語』の訳が完成しております。そういう因縁があって、わたしは出家いたしましてから、もう一度『源氏物語』を読み直しました。

そうしますと、それまでなんとなくわからなかったことが、目から鱗が落ちるようにはっきりとわかってまいりました。というのは、それまでの『源氏物語』に対する考え方では、光源氏という主人公がいて、その主人公の生い立ち、お父さんとお母さんの恋愛から説き始めまして、そして彼が成長して、いろんな女の人を好きになって、長い長いラブロマンスの話があって、最後に五十二、三歳で出家して、五十四、五歳で死んでいく。その生涯と、さらにそのあと、彼の息子と孫の代のラブロマンスを書いた。つまり、四代に渡る、年数にすれば七十余年の歳月を書いた物語というふうに解釈されておりました。光源氏の成長を書いたという見方もあれば、七十年あまり、四代という長い歳月が主題ではないか、というふうな解釈がされておりました。

しかし、わたしは、出家いたしまして改めて読み直したときに、おやっという感じがしたんです。それは、光源氏とかかわりを持った女たち、あるいは物語の中に現れてくる女たちが次から次に出家していく。登場人物の主要な女たちの七割ぐらいが出家するわけですね。光源氏が十人愛したとすれば七人までが出家する。それまでは、当時はそういうことなんだろうなと読んでいたんですけれども、このときは、ちょっとおかしいんじゃないかと思いました。

わたしには、自分の黒髪が落ちまして、それを眺めたときのショックがありました。そこから読み直しますと、当時の出家はどういうふうだったんだろうと。結局、千年前でも、女が出家いたしますと、そばにいた人たちがその知らせを聞いて、現代語で言えば、「どよめく」とか「ざわめく」とかいう表現があります。まわりの人は、よよと泣いたり、あるいは「おかわいそうに」とか、「おしい」とか、そういう言葉があります。ということは、当時でも、女が出家するということは当たり前のことではなかった、やはり何か人々に衝撃を与えることだったということがわかります。

当時の女の人には長い髪がありまして、その長い髪は背丈(せたけ)よりも長いんですね。背丈よりもずっと長く、引きずるような髪である。出家と言いますのは、その髪を肩のあたりで切りまして、それを「肩削(かたそ)ぎ」とも「尼削(あまそ)ぎ」とも言いました。わたしのように、つんつるてるてる坊主のようにするのは中世になってからで、平安朝の出家では、肩のあたりで切るわけです。

出家いたしますと、それまで着ていた美しい色の十二単(じゅうにひとえ)などは着ることができません。

「鈍色（にびいろ）」と申しまして、グレーですね。グレーで全身を包みまして、袈裟（けさ）もグレーです。鈍色というのは喪服（もふく）の色でございますから、寂しいものです。もちろん、朝からお経をあげたりいたしまして、仏さまに奉仕するだけの生活になります。色恋は離れなければなりません。彼女たちが出家したあとの生活というのは、非常に寂しい形になります。

ところが、『源氏物語』に出てくる女たちは、片っ端（かたっぱし）から出家していくわけですね。そのときに恋人である源氏はどうしたかと言いますと、必ず女たちに取りすがってよよと泣きます。当時は男の涙腺（るいせん）がずいぶんゆるんでいたようで、今の男はあまり泣きませんけれども、当時の男はすぐ泣くんですね。そして、「自分も出家したいのに出家しなかったのは、あなたを守るためだった。あなたとの愛を守るためだったのに、なぜあなたはわたしを見捨てて出家するのか」ということを言うんです。

源氏は大変たくさんの愛人がおりましたから、その人たちが出家するたびにそう言って泣くわけですね。あなたを守るためだったと。しかし、女たちは平気で、そのときは笑って相手にしません。源氏に愛された女たちというのは、源氏の愛に振り回されて、非常に苦しい思いをしております。しかし出家するときは、源氏に相談しません。どの女の人たちも源氏に相談しないで黙ってパッと出家いたします。

女の寂しさ、女の苦しさ

当時は一夫多妻で、男は妻を幾人持ってもいい。また、結婚の形態が通い婚で、嫁のほうが婿取りをいたします。嫁入り道具をいっぱい持ってお嫁入りするような今の形態ではございません。お婿さんが、自分の家からお嫁さんの家へ通うんですね。しかも、その結婚の相手は幾人あってもいいんですから、たとえば七人の妻があれば、その人は、月火水木金と毎日違う妻のところに行かなければならない。男にも好き嫌いがありますから、結婚はしたけれども、Aの女の人は好きだけれども、Bはあんまり好きじゃないというふうなことが起こりますから、そうしますとAのところに三日行って、Bのところはほとんど行かないと、そういうふうなことも起こります。

妻や愛人は、ただ家の中でじっと男が来るのを待つだけです。これは招婿婚と言いまして、婿を招く結婚の形式なんですが、招婿婚で一夫多妻のときの妻は、非常に寂しい思いをするし、苦しい思いをいたします。

『源氏物語』が書かれる五十年くらい前に、道綱の母（藤原道綱母）という人がおりました。この人は、自分の夫を一年中三百六十五日、朝も昼も夜も自分のところにとどめておきたいという思いをしておりました。ところが、夫（藤原兼家）は非常に多情な男でしょっちゅうほかに女ができるというので悩みまして、「後世の人よ、わたしのこの結婚の苦しみを知ってほしい」という思いを込めまして、『蜻蛉日記』というものを書いております。これは最初の私小説だと見ていいと思います。自分の実際にあった経験、自分の結婚生活はこんなふうに惨めだった、つらかった、悔しかったということを書いたのが『蜻蛉日記』です。

それから五十年ほど経ちまして、紫式部によって『源氏物語』が書かれたのですが、紫式部は私小説の形式はとりません。『蜻蛉日記』をよく読んでおりますから、その時代と今と、ちっとも女の苦しみは変わっていないということで、その女の苦しみを書くためにフィクションの話をつくりました。光源氏という架空の主人公が次から次に恋して愛して、そして捨てたり捨てられたりする物語が、『源氏物語』五十四帖です。

貴族の娘の宿命

紫式部が生きた当時は男性社会の時代ですから、女は自分で恋人を選ぶことはできません。結婚を選ぶこともできません。そして自分の生き方や幸福を選びとることもできません。まったく男の言いなりになります。『源氏物語』に書かれた社会は貴族の社会で、貴族の社会と言えば、登場するのは天皇とか宮家で、そのお姫様は深窓に育って、生活の苦労もなく、美しいものを着て育っております。

しかし、彼女たちの本当の幸せというものは、そこでは得られません。年ごろになりますと——年ごろと言いましても現代の「年ごろ」ではありません、十二、三歳になりますと、大臣や高級貴族たちは、自分の娘を一日も早く後宮に入れることを考えます。後宮とは、天皇のお妃たちが待機しているところですね。そこへお父さんは自分の娘を入れたがります。後宮に入って、天皇がその妃を愛して、もし男の子が生まれたとします。そうすると、その子は皇太子になることができます。昔は、東宮と言いましたが、皇太子になれば、後に天皇になります。お妃のお父さんにとっては自分の孫が天皇になるということで、外戚と申しまして、あらゆる政治的権力を握ることができるのです。これが、当時の貴族の男たちの最高の望みだったのです。

そういうお父さん、あるいはお兄さんたちの政治的野心を果たすための材料として、娘たちは政略結婚に使われるわけです。ですから、お姫様が生まれますと親は大変喜びました。後宮に入れられますから、男の子よりも女の子を喜ぶんですね。そして、生まれたときから、後宮に入れるように、将来のお妃になれるような教育をします。

教育とはどういうものかと言いますと、当時は挨拶も手紙も全部和歌ですから、まず和歌が詠めなければなりません。ですから、それまでに出た『古今集』（『古今和歌集』）なども、全部暗唱しなければいけない。歌をつくることの勉強もさせられます。歌がつくれましても字が書けないと駄目ですから、お習字をさせられます。それから、教養として音楽ができなければなりません。歌を歌うのではなくて、楽器を一つ演奏することを学ばなければなりません。お琴とか琵琶とか、そういうものをお姫様たちは教えられます。

また、昔も今も女の人は香水が好きですね。平安時代は、女たちだけでなくて男も香水をつける。ただ、当時は香水はないので、香木でお香をつくります。そのお香も、いろいろブレンドする方法がありまして、お香の調合を習わなければならない。それから染物も、お姫様は自分で染めはしませんけれども、何と何の草を合わせればどういう色が出るという染色の知識も習わなければなりません。お裁縫も実際にお姫様は縫いませんけれども、どうやって縫うかぐらいのことは習わなければなりません。そういういろんな教養を叩き込まれて、身につけて、十二、三歳になりますと、まだ生理があるかないかのときに後宮に入れられます。

ただ、中国には「後宮三千」という言葉がありますが、日本の後宮も中国の真似をしたわけですから、そこにはたくさんのお妃がいらっしゃるわけです。「後宮三千」、三千人もお妃がいらっしゃったら、いくら精力の強い天子だって全部回ったら何十年もかかります。ですから、後宮に入ったけれども、一度も天子の顔を見ないでおばあさんになって死んじゃったなんていう悲劇もあるわけです。

中国は大袈裟なことを言いますから、「白髪三千丈」とか「後宮三千」とか言いますけれども、それは一つの大袈裟な表現でして、三千人はいなかったと思いますが、三百人ぐらいはいたかもしれません。日本も中国の真似をいたしまして、当時の天皇にも、三十五、六人くらいの人数のお妃がいた時代が、歴史的事実としてありました。

物語の始まり

いつの御代のことでしたか、女御や更衣が賑々しくお仕えしておりました帝の後宮に、それほど高貴な家柄の御出身ではないのに、帝に誰よりも愛されて、はなばなしく優遇されていらっしゃる更衣がありました。

（瀬戸内寂聴訳『源氏物語』「桐壺」）

さて、紫式部の『源氏物語』は、「桐壺帝」という一人の架空の帝をつくりまして、そのフィクションの帝の一族のお話を書いたわけですが、この桐壺帝の後宮には「たくさんの人たちがいた」という書き出しで始まっています。その「たくさんの人たち」というのは、まあ三十人ぐらいと見ていいんじゃないでしょうか。その中に、桐壺帝に非常に好かれた一人のお妃がいらっしゃいました。その方が「桐壺更衣」という方でした。「更衣」というのは、帝のお召し物のお世話をする役柄の女官だったんですが、帝の手がついてお妃になる例が多かったので、いつか「更衣」というお妃の位ができたわけですね。

桐壺更衣は、「やむごとなき際にはあらぬが」という原文がございますけれども、あまりお父さんの位が高くなかった。太政大臣とか左大臣、右大臣が最高の位ですが、大納言くらいのところでしょうね。お父さんの位はあまり高くなかったけれども、非常に美しくて魅力的で、桐壺帝が愛せずにはいられないような方だった。

後宮と申しますのは、お父さんの身分によって与えられるお部屋の場所が決まっております。非常に位の高いお父さんを持っているお妃は、天皇の御寝所、ベッドルームに一番近い場所にお部屋をいただきます。そして、お父さんの位、身分によって、だんだんとお部屋が遠くなるんです。桐壺更衣という方はお父さんの身分が低かったものですから、帝の御寝所から一番遠いところにお部屋をいただきました。

　ところが、帝は毎晩毎晩、桐壺更衣をご指名いたします。当時は天皇がご指名なさった妃が、天皇のベッドルームに上がります。帝が桐壺更衣をご指名しますと、桐壺更衣は一番上等の十二単にドレスアップいたしまして、お化粧もきれいにいたします。そして女房(にょうぼう)――「女房」というのは、現代の「うちの女房」の女房とは違います。字は同じですけれども貴族に仕える「女官(にょかん)」と考えてください。当時としては唯一の職業婦人で、キャリアウーマンです。この人たちが後ろに従って、行列をつくって帝の御寝所に向かいます。そのお供の女房たちもきれいな十二単を着て、ドレスアップして行くわけですね。

　桐壺更衣のお部屋は帝の御寝所から一番遠いところにありましたから、長い長い廊下を向こうの端からずっと歩いてこなければなりません。その廊下の片側には、今夜呼んでもらえなかった、ご指名にあずからなかったお妃のお部屋がずっと並んでいるわけですね。そうすると、簾(すだれ)の奥から、「またあの人よ」というように、にらんでいるわけです。お妃ともなればお上品ですからそんな露骨にはしませんけれども、そこに仕えている女房たちとしては我慢できません。毎晩やきもちを焼いてにらんでいる。

　そのうちに彼女たちが結託いたしまして、あんまり悔しいからいじめてやりましょうということになるんです。今でも、小学生、中学生のいじめがありますけれど、千年前から日本にはいじめがあったんですね。その元祖が『源氏物語』を読めばわかります。

どんないじめ方をしたかと言いますと、当時の宮廷にはトイレがありませんでした。用を足すには、おまるを使いました。宮廷のおまるですから、我々が使うようなものではなくて、非常に立派で、漆塗りの金蒔絵だったんじゃないでしょうか。置いておいたら、お菓子なんかを入れたくなるようなものだったんじゃないでしょうかね。しかし、中身は我々のものと同じでございます。それを廊下にばらまくのです。

そうしますと、桐壺更衣が帝に呼ばれて、ドレスアップしてしずしずと歩いていくときに、十二単の裾で、その汚いものを全部拭いていかなければなりません。その残ったものは、お供の女房たちが全部拭いていかなければなりません。ということで、帝の御寝所に近くなりますと、臭くてとてもその晩は上がれない。しずしずとその晩は帰らなければいけない。本当に子どもみたいないじめをするわけですね。

またあるときは、長い廊下のところどころにある戸を、一行が通りますと、あちら側とこちら側でしめし合わせて閉ざしまして、外から鍵をかけて閉じ込めて、一晩動けないようにするという、単純だけれども露骨ないじめをいたします。そういうことが『源氏物語』の冒頭に書いてあります。

桐壺更衣はさすがにノイローゼになりまして、病で、非常に若くして死んでしまうのです。当時のことですから、たぶん結核かがんになったのでしょう。病名は書いていないけれど死んでしまう。しかし、桐壺更衣は、帝との間に愛の結晶を一人残しました。それが、『源氏物語』の主人公である光源氏です。

光源氏の初恋

光源氏は、生まれたときから「輝くように美しい」という表現があります。占い師やまわりの人たちから、光るように美しいということで、あだ名で「光の君」と呼ばれるようになりました。光の君は、生まれつき、美貌と、あらゆる才能に恵まれていました。学問をしても一番、文学も最高、音楽の才能もある、それから体育系も、たとえば馬に乗るとか蹴鞠をするとか、そういうものも一番うまいというふうに、なんでもかんでも最高という才能を得ておりました。

さらに、女たちが見たら、誰が見てもほれぼれするような男ということになっております。男の美貌の標準も代々変わりますけれども、今で言えば、たとえばモックン（本木雅弘）とキムタク（木村拓哉）を一緒にして二で割ったような、そんな人だったんじゃないでしょうか。とにかく、女たちのあこがれの的という存在として書いてあります。そして、彼が持っていた才能の中でももっとも顕著な才能、一番素晴らしい才能は何かと言いますと、「女たらし」ということでございました。光源氏は若いときから、本当の女たらしになるんですね。

十二歳で元服いたしまして、左大臣の娘の「葵の上」という人と結婚させられます。この人は年が四つ上なんですけれども、本当のお姫様として育てられて気位が高いので、あまりにこやかにしたりしないで、愛嬌がないんですね。美しいんだけれども堅苦しいというので、十二歳の若いお婿さんはあまり彼女を好きではない。

父である桐壺帝は、愛する更衣が亡くなったので非常にショックを受けまして、ノイローゼになって政を顧みません。『源氏物語』にはそう書いてあるんですが、それまでも、あまり政務を顧みたようなところはありませんね。ただただ後宮で遊んでばかりいたようなんですけれど、一応「政務を顧みない」と書いてある。

それで家来たちが心配いたしまして、亡くなった更衣とそっくりの女の人を探してきます。それが大変身近にありまして、亡くなった前の天子の内親王に、まだ十五歳だけれども、亡くなった更衣とそっくりの美しい顔をしたお姫様がいらっしゃることを発見しまして、その内親王を無理矢理に後宮に入れまして、お妃の一人といたします。

この方は内親王ですから、位はもう最高ですね。大臣を父に持つ人たちよりも上ですから、帝のベッドルームに一番近いお部屋をいただきまして「藤壺中宮（ふじつぼのちゅうぐう）」となります。源氏にとって藤壺というのは、義理のお母さん、平たくいうと継母（ままはは）です。

源氏の生母は数え三歳のときに死んでおりますので、彼は母の顔をおぼえておりません。源氏は小さいときから、「この人こそあなたの亡くなったお母さんとそっくりですよ」というふうに周囲から言われますから、母恋しい気持ちから、自分のお父さんのところに来た、我々の言葉で言えば「後妻さん」、その人を見ながら、「ああ、自分のお母さんはこんなに美しかったのかしら」と思って、母を恋（こ）う心から、だんだんとそれが一人の女性を好きになる心、初恋に育っていったんです。

源氏の君は、帝が始終お側にお召し寄せになりお離しにならないので、ゆっくり里住まいでくつろぐこともおできになりません。心の中では藤壺の宮だけを、この世でただ一人のすばらしいお方として恋い慕われていて、

「もし妻にするなら、あのようなお方とこそ結婚したい。あのお方に似ている女など、この世にはとてもいそうにない。左大臣家の姫君は、器量も申し分ないし、大切に育てられたいかにも上品な深窓の人だけれど、どこか性(しょう)に合わないような気がする」

と、ひそかにお思いになって、幼心の一筋に、藤壺の宮のことばかりを思いつづけて、苦しいほどに恋い悩んでいらっしゃるのでした。（瀬戸内寂聴訳『源氏物語』「桐壺」）

葵の上と結婚してみて、どうしてもしっくりいかない。そのときに、十二歳の源氏ははじめて、「あ、自分は結婚して、自分の屋敷に一緒に暮らしたいのはあの方だった」と、「それはお父さんの奥さんだ、あの藤壺だった」と気がつくわけです。これが源氏の恋の自覚です。恋してはならない人に十二歳で恋をした源氏のことが、第一帖「桐壺」には書かれています。

ラブロマンスの始まりはいつも……

次の「帚木(ははきぎ)」の帖に行きますと、十二歳の源氏がすでに十七歳になっています。これは数えですから、満で言えば十六歳、今の高校二年生ですか、そんな年代ですね。そのころは、源氏はれっきとしたプレイボーイ、ラブハンターになっておりまして、たくさんの通い所――「通い所」というのは、招婿婚ですから、結婚している相手のところに夜通う、あるいは恋人のところへ行くのも通い所ですね、そういうふうに通っていく女たちがたくさんいたということです。

そして、十七歳になった源氏は、藤壺とすでに通じているということがほんの短く書いてあります。『源氏物語』の素晴らしいところは、たくさんのラブロマンスがいやというほど書いてあるんですけれど、その中にセックス場面が一つもないんです。今の小説家だったら、手がどっち向いた、足がどっち向いたといろいろその場面を書きますね。昔、わたしもよく書きましたけれども、そういうことはどこにも書いていないんです。全部それは読者の想像に任せる、という書き方です。お品がいいんです。

ですから、藤壺と源氏がいつどこで、最初の密通をしたかということは書いてありません。ただ藤壺の心として、「前にああいうことがあって、それはとても失敗したと思っている」「自分は後悔して嫌なことなのに、またそれがあった」というふうな書き方なんです。

なぜ、お妃とか高級貴族のお姫様たちが、それこそみんなに守られているのに、密通をしたり、あるいは強姦されたりすることがあるのか。『源氏物語』をずっと読みますと、恋愛、ラブロマンスと言ったら非常に美しいですけれども、実は、男と女の恋愛はほとんどが強姦で始まっているんです。

当時のお妃にしろ、高級貴族のお姫様にしろ、深窓で守られております。そして、たくさんの女房も付いております。夜寝るときも御帳台というベッドのようなものがありまして、その中に一人で寝ていらっしゃる。そのまわり、足元には、女房たちがごろ寝をして守っているんです。本当にアリも入れないように堅固に守っているんですよ。しかし、いつの間にか、お姫様が妊娠していたりするんですね。

それはどういうわけかと言いますと、当時の気の利いた男たちは、まず女房に賄賂をやって自分の言うことを聞かせます。女房頭というのがありまして、だいたいその女房頭を狙って、その人に一所懸命に賄賂をやる。今も昔も、賄賂が効くんですね。どういう賄賂かと言うと、たぶん反物とか、あるいは高価な香木、それから櫛、かんざし、化粧品、そんなものだったんではないでしょうか。

いずれにしろ、女房頭がそういう賄賂をもらって、その人の言うことを聞きます。そして、お姫様のまわりをいつも取り巻いて守っている人たちを、ある日、その女房頭が「もうじきお祭りですから、そろそろ着物を用意いたしましょう。皆さん、縫いたいでしょ。今夜はわたしがここで番をしていますから、皆さんはあっちの部屋に行ってお裁縫をしなさい」とか言って追い払うんです。そういう調子で、みんなをお姫様のお部屋から追っ払っちゃうんですね。

その間に、男をお姫様の御寝所に案内する、導いてしまう、手引きする。そういう形ですから、お姫様がふと気がついたら、自分の横になんか変な者がいて、「前からあなたを愛していました」とかなんとか言ってくるからびっくりしてしまって、気持ちが悪いから「助けて」と言おうにも声が出ない。たまたま声が出たところで、女房たちは全員いないんですから、助けに来る人は誰もいない。そこで仕方なくレイプされるわけです。そういう悲劇から始まるんですね。

『源氏物語』の中に空蟬(うつせみ)という人が出てまいります。この人は、源氏の家来の後妻さんです。源氏の家来の伊予介(いよのすけ)という地方官で、単身赴任しているんですね。この人はおじいさんで、先妻が死んで、若い後妻さんをもらったんです。

その若い後妻さんが継息子である紀伊守(きのかみ)の邸(やしき)に滞在しているときに、方違え(かたたがえ)のためにたまたまその邸を訪れた源氏とちょうど行き合わせます。そしてふっと源氏の目にとまりまして、源氏はもうその晩に、その人をレイプしてしまうんですね。ところが、彼女は身分は低いけれども非常に気位の高い女で、源氏にそういう目に遭わされても、心は絶対に開かないんです。本当は好きなんですよ。本当はおじいさんより、若い源氏のほうがずっといいんですけれども、それでも絶対に心は開かない。

「こんなことは現実(うつつ)のこととも思われません。どうせわたしなど、数ならぬ卑(いや)しい身ではございましても、これほど見下げつくしたお扱いを受けましては、どうして深いお心などと思えましょう。わたしのようなしがない身分の者にも、それなりの身分に応じた生き方がございます」

と、言って、源氏の君がこういう無理無体なお振舞いをなさったのを、心の底から情けなく、つらく思い余っているようなので、源氏の君は、心から可哀そうにも、恥ずかしくもお思いになられるのでした。

（瀬戸内寂聴訳『源氏物語』「帚木」）

彼女が一番腹が立って訴えるのは、「あなたはわたしが身分が低いから、こういう理不尽なことをなさるんでしょう」ということです。「わたしはそういうことをされる女ではありません。あなたはわたしが身分の低いのをバカにして、こんなけしからんことをするんでしょう」と言って、大変に泣き悲しむんですね。

源氏は、自分が好きなようにしたけれども、「この女、心を開かなかった」ということが心にかかりまして、どうしてもその女を忘れられなくなる、そしてまた忍んでいくということが起こります。しかし、空蟬は絶対に身を許さなかったということが書いてあります。

『源氏物語』には、この空蟬以外にも非常にプライドの高い人がたくさん出てきます。千年前の女というのは、どうしてこんなにプライドが高いのかと思うほど、非常に誇り高い女が出てくる。源氏の正妻——正妻のことは「北の方」と言いますけれども、葵の上にしても、プライドが高いから、自分よりも年が若い、しかし非常に女にモテる源氏にバカにされまいと思って、身も心も鎧うんですね。そのために、源氏に対してやさしくしたり、チャーミングにふるまうことができない。いつもツンとしているんです。それも、葵の上のプライドのせいですね。

身分の高い低いにかかわらず、プライドの高い女がずいぶん出てまいります。ということは、これは作者の紫式部が、プライドの高い女が好きだったんでしょうね。というよりも、彼女自身が非常にプライドが高かったんでしょう。

紫式部が晩婚だった理由

紫式部は、高級貴族ではありません。中級貴族ですけれども、お父さんは藤原為時と言いまして、学者肌の人なんです。花山天皇に仕えましたので、花山天皇が失脚したときに自分も失脚して職を失いました。失業するわけですね。失業してもすぐ身を転じて違う人に仕えることもできるんですけれども、為時は世渡りが非常に下手でそういうことができない人でして、学者肌ですから、そのまま十年近くも失業してしまいました。それがちょうど紫式部の娘時代、嫁入りにふさわしい年ごろの時代だったんです。

ですから、紫式部は二十七、八歳まで結婚しておりません。十二、三歳でも結婚できた時代、二十七、八歳まで結婚できなかった、縁がなかったということは、相当な不器量だったんじゃないでしょうか。まず、そういうことが考えられる。それと同時に、若いころから小説を書くのが好きで、それがだんだんと評判になっていった。今でも小説を書く女と結婚する男なんていうのは珍しいですよ。小説を書く女なんかと結婚してごらんなさい、全部書かれてしまいますから、やめたほうがいいですよ。わたしのように全部書きますからね。その当時だって、小説を書く女なんていうのは、遠くで見ているのはいいけれど、嫁さんにしようとは思わなかったんでしょうね。

それともう一つ、一番大きな原因は、当時は、お婿さんが決まりますと、そのお婿さんの生活費を全部お嫁さんのお父さん、つまり舅が見なければいけないんです。衣食住の食と住は通ってきますからいいんですけれども、たとえば着物ですね。今でいえば冬服とか夏服とか合服とかあるじゃありませんか、そういうものを全部つくらなければいけない。モーニングぐらいは借りてもいいですけれども、普段着るものをつくらなければいけない。当時、男の人の着物でも、女と変わらないぐらい上等で豪華でしたから、そういうものを全部お嫁さんのお父さんがつくるんですね。それから、お婿さんが勤めていたらそれはだいたい役人ですから、役人として勤めていれば、盆暮れの上役へのお中元とかお歳暮とか要るじゃありませんか。もっと出世させてもらおうと思ったら、当時だって賄賂が効いたんですよ、付け届けから、賄賂から、全部お嫁さんのお父さんがしなければならなかった。

婿になる男は、自分の妻になる女のお父さんの権力と金力、それを確かめてから、いいところへ行ったわけですね。ですから、ちょうど紫式部が年ごろになったとき、婿を取ってもいいころ、お父さんが失業して家は貧乏しておりました。それもあって、紫式部は結婚が遅れたんだと思います。

そして、二十七、八歳になってやっと結婚した相手は、お父さんのお友達、お父さんと同じくらいの年寄りだったんです。藤原宣孝（のぶたか）と申しますが、この人は非常に派手好みの人で、発展家で、妻もすでにそのとき三人以上いましたし、子どももたくさんいた。そこへ、自分の娘のような年の紫式部と結婚するんです。紫式部に一所懸命にラブレターを出しまして、紫式部がそれになびいて結婚したということになっておりますが、この人は誰でもモノにできた、非常に色事に長（た）けた男ですから、きれいな女に飽きたんじゃないでしょうか。紫式部のような、器量の悪い、小説を書くような変わり者が珍しかったんじゃないでしょうか、とわたしは解釈するんですけれども。

道長にスカウトされた紫式部

紫式部は、結婚して女の子を産みます。しかし、女の子を産んで間もなく、夫が病気で死んで、結婚生活は三年に満たない、二年半ぐらいで寡婦（かふ）になるんですね。寡婦になった子持ちの紫式部は三十前です。その紫式部に目を付けたのが、ときの最高の政治的権力者であった藤原道長（みちなが）です。

道長は、もうそのとき、お兄さんたちを全部追っ払いまして、最高の権力者になっております。そして、自分の彰子（しょうし）という娘を後宮に入れるんです。入れたけれども、その前に、自分の姪（めい）、彰子から見れば従姉（いとこ）にあたる定子（ていし）という方が、すでに後宮に入っていました。

天皇は一条（いちじょう）天皇でした。一条天皇は非常に文化的な方で、何もかもお出来になる方ですが、この方が、自分よりも年は上だけれども、定子にすっかり夢中になるんですね。ちょうど、『源氏物語』の話の中のように、定子のところばっかりにいらっしゃる。

定子は美しい上に才能があって、非常にチャーミングでいらっしゃったんでしょう。そして、女房に清少納言（せいしょうなごん）がいた。清少納言はご存じでしょう。『源氏物語』は読んでいなくても、清少納言（『枕草子（まくらのそうし）』）は読んでいらっしゃいますね。非常にウイットに富んだおもしろい女で、天皇もお喜びになるし、天皇にお付きの公達（きんだち）たちも、清少納言がおもしろいのでからかいに来るというわけで、定子のサロンは、いつも非常に賑やかなんです。毎日毎日、天皇がいらっしゃいます。

それが道長にとっては、なんとしても悔しい。自分の娘の彰子はまだ十二歳、ほんのネンネです。そこには、一条天皇は義理でちょっといらしただけで、ほとんどいらしてくれない。もちろん、彰子のお部屋はインテリアに工夫をして、素晴らしいお部屋飾りをして、きれいな女房をいっぱい集めているんだけれど、どうしても一条天皇は、彰子より定子のほうへ行くというので、道長はイライラする。

そこで考えたことは、向こうに清少納言がいて、エッセイ、随筆で名を挙げているのなら、こっちはノベルで行こうというので、小説を書く女を捜したんですね。そうすると、紫式部が目に付いた。非常に小説がうまいという評判があった。

わたしは、すでにその頃、『源氏物語』は書き始められていたと思います。こういう才能は、小さいときから備わった才能でしてね、年を取ってから出るものじゃないんです。紫式部は十歳ぐらいから物語を書いていたと思います。それが評判になっている。それでスカウトして来て、彰子の女房にするわけです。紫式部は生活のためもあったんでしょう、とにかく口説き落とされて彰子の女房になります。

普通の女房よりもずっと待遇がよくて、原稿用紙を揃えて、立派なお部屋を与えられました。当時の原稿用紙は、和紙とか唐紙(からかみ)ですね。インクの代わりは墨(すみ)です。中国製の硯(すずり)や墨はみんな上等。また、小説を書くには参考書がいります。中国の書籍から日本の古い物語、そういうものを全部集めてやって、「さあ書け、さあ書け」と言って、道長が紫式部にけしかけるわけです。

道長が紫式部の文学のパトロンになったと考えてもいいと思います。昔から、見ておりますと、パトロンとその芸術家は、たいてい肉体的関係を持ちますね。道長もおそらく、紫式部を捨ててはおかなかったと思います。というのは、当時は、そういう関係が、今のようにうるさく言われなかった。どこかの大統領のように、不倫したとか言われなかった。当時は当たり前、道徳が違っていたんです。女房を雇いましても、乳母を雇いましても、判で押したように、主人はその女とそういう関係になったというのが、当たり前だった。

紫式部には、『源氏物語』のほかに『紫式部日記』というのがございまして、その中に、「ある夜、道長が自分の部屋にやって来て、ほとほととドアをノックした」と書いてあります。自分の局(つぼね)にやって来て戸を叩いたと書いてある。それは、平たく言えば夜這(よば)いに来たということです。そのときに、「わたしは開けてやらなかった」と書いてあるんです。しかし、最高権力者で、なんでも自分の思いどおりになる道長が、一度くらい、ほとほととノックしても戸を開けてくれなくて、「はい、そうですか」で引き下がるでしょうか。これはもう絶対、翌日も、その翌日も行ったんではないでしょうかね。わたしは、三度目ぐらいに開けたんじゃないかと想像するんです。

紫式部は陰険な女？

紫式部は、道長という本当に安心なパトロンを得まして、生活の保障をされて、何の苦労もなく小説を書けばよかった。その小説『源氏物語』を、道長が文学のお好きな一条天皇にお見せした。「どうか、彰子のお部屋に遊びにいらしてください。新しい女房が来まして、大変おもしろい物語を書いております」と声をかける。そうすると、天皇は小説が、物語が好きですから、「あ、それならちょっと行ってみようか」と思っていらっしゃる。

当時は、本を読むということは、黙読したんじゃなくて、書いたものを声に出して読んだんです。一人で読むときでも声に出して読んだらしいですね。そして、印刷術がありませんから、誰かがそれを読んで、それをみんなが聞く。おもしろければそれを写させてもらうという形で広まるんです。宮中でも、後宮においてでも、天皇に『源氏物語』を読んでいただくということは、聞いていただくことなんです。そしてそこでは、声の美しい、器量もいい、おそらく朗読のうまい女房が選ばれて、天皇がいらっしゃると、紫式部の書いた『源氏物語』を読む。天皇はお聞きになって、「これは素晴らしい小説だ。この作者はなかなか勉強している。中国のこともよくわかっている、日本の歴史もよく勉強している」と、大変におほめになったということなんです。

そのとき、中宮彰子も、もちろん道長も、それからたくさんの女房たちも聞いている部屋の片隅で、紫式部もうつむいて聞いていたと思うんです。そして天皇が、「この作者は素晴らしいね」なんて言ったときに、わたしだったら「わたしが書きました」と、手を挙げるんですけど、おそらく彼女は、自分が書いたようなふりをしないで、ジーッとうつむいていたと思うんです。

紫式部は、そういう陰険なところのある女なんです。彼女は漢文が非常によく読めた。当時、男は漢文の勉強をしなければ官吏(かんり)になれませんでした。しかし、女は、生意気だということで、漢文なんか習っちゃいけないということになっていた。ところが、紫式部は非常に漢文ができて、お兄さんが勉強している横で聞いていて、お兄さんよりずっとよく覚えたということが伝わっております。どうやって伝わったか。自分が日記に自慢して書いているんです。

また、自分は人に向かっては、「一」という字も知らないふりをしたと書いてある。「一」というのは漢字ですね。日本語で言えば「ひとつ」って言いましょう。漢字だと「一」ですね。その「一」という字も知らないふりをした。いやな女じゃありませんか。「一」くらい知っているといってもいいと思うんですが、そういうところが、清少納言と違うんです。

ところが、得てして小説というものは、いやな人間がうまいんですよ。なぜかうまいんです。それで、紫式部は大傑作を書いたわけです。まあ、天才です。それは清少納言と比べますと、スケールが、紫式部のほうがだんぜん大きい。これはもう大天才ですね。その紫式部は、自分の文学を一番わかってくれる天皇におほめにあずかって、本当にうれしかっただろうと思います。あとは励んで、道長に、「早く書け、早く書け」と言って書かされて、そしてついに『源氏物語』が仕上がったんじゃないでしょうか。

あらゆる恋愛パターンが書かれた物語

彼女には歌集（『紫式部集』）があります。『紫式部日記』と『源氏物語』、その三つしか作品は残っていないんですが、その歌集を見ましても、紫式部はあんまり恋をしていない。自分のつくった歌の中に恋の歌があまりない。友情の歌はあるんです。レズビアンかもしれないと思うぐらい、友情の歌はあるんですけど、恋の歌はない。

結婚は一度しかしておりません。しかも、わずか二年半ぐらい、三年足らずの結婚生活です。あんまり男出入りがあったようなことも書いていない。ということは、恋愛経験は少ないはずなんですね。しかし、道長には、おそらく愛されたでしょう。そうすると、最低で考えると、夫である宣孝と道長の、二人としかそういう生活をしていないんですね。

ところが『源氏物語』を読みますと、あらゆる恋愛のパターンが書いてある。あらゆる不倫が書いてある。そして、さまざまな女が書いてある。さまざまな男が書いてある。情熱的な男とか、おかしな男とか、いろんな人が書いてある。どうやって彼女がそれを知ったかということは非常に不思議です。

しかし、紫式部が相手をした夫と道長、これは、当代としては非常に恋のベテランでした。わたしは、その人たちが寝物語に、いろんな話をしてやったんだと思います。紫式部はそれを、上手にせがんで聞いたんだと思います。頭がいいですから、聞いたものを全部頭に入れておいた。テープレコーダーなんかありませんから、全部聞いて覚えていた。そして、必要なことを頭の中の引き出しから出して書いたんじゃないか。そういうことはあり得ると思います。「これは道長から聞いたな」「これは夫から聞いたな」というおもしろい話、あるいは変わった話、そういうものが全部、『源氏物語』の中には書き込まれているんです。

『源氏物語』は日本の誇り

『源氏物語』がなぜおもしろいかと言いますと、その中には、光源氏の恋愛をはじめ、いろんな恋愛が出てきます。そしてそこに、いろんな女たちが出てきます。その女たちの性格を全部書き分けている。紫式部の素晴らしいところは、女たちの性格だけじゃなくて、男たちも、何百人と登場する人物の、どんな端役（はやく）の人でも、ちゃんと性格を書き分けている。これはもう、紫式部の天才の天才たるゆえんです。

十九世紀の西洋の小説が最高だと、わたしたちの時代は教えられてまいりましたが、その十九世紀よりもさらに八世紀も昔ですよ。今から千年前、十一世紀の初めに『源氏物語』ができあがっている。世界にまだそういう大きな小説のないときに、『源氏物語』ができている。それには、あらゆる恋愛のパターンが書いてあって、さまざまな女の性格が書いてあって、さまざまな男の悩みが書いてある。こういう小説は、『源氏物語』以外、世界にないんです。

ところが、日本ではほとんど読まれていない。大学を卒業した人でもほとんど読んでいない。教科書で一回や二回は出てきたはずですけれど、教科書に使われているテキストは、あの長い長い『源氏物語』の――わたしが訳して四千枚を超えたんですよ――その長い長い『源氏物語』の一番おもしろくないところを、よりによって教科書に載せてある。ですから、読んだって全然魅力がない。いつ、誰が、どこで、何をしたか、さっぱりわからない。

当時の文章には主語がありません。いつ、誰が、どこで、何をしたか、これは文章の基本ですが、それがない。男と女が寝ているのか、男と男が寝ているのか、男と女がしゃべっているのか、女同士がしゃべっているのか、わからないんです。「わたしは」というのがないんですね。「誰それは」というのがないんです。ですから、非常にわかりにくい。

そして、センテンス、文章が長い。長いから、どうしても糸のようにもつれます。読んでいてもどこへ行っているかわからなくなってくる。いまの日本人にとっては外国語よりも難しい。そういうわけで誰も読まなくなった。学校でもおもしろくないところだけを教える。藤壺と光源氏が不倫したところから始まってくれれば誰だって読むんですけれど、そういうところは教科書には出せません。後宮の色事は教科書に出せない。だから、誰もおもしろくないと思って読まなかった。先生のほうもよくわからなかったんじゃないでしょうか。ですから、聞く生徒はもっとわからない。ということで、『源氏物語』がこんなに誰にも読まれなかったんです。

しかし、イギリスではアーサー・ウェイリーという人が英訳しまして、これが非常に読まれました。ドナルド・キーンさんは、『源氏物語』を読んで、「世の中にこんなおもしろい小説があるのか」というので、日本文学に目覚めたとおっしゃっていました。また、英語から各国語に訳されまして、外国では、『源氏物語』を日本人よりよく知っている。そしてそれがいかにおもしろいかということも知っているんです。

然るに、日本人は読まない。これはもう恥です。わたしは、日本人全部の人に読んでもらいたいと思ったんです。そして、誇りを持ってもらいたい。今は本当に、日本の値打ちは失墜しております。新聞を開けたら、毎日、毎日、ろくなことが出ていないでしょう。汚職だ、賄賂だ、そういうことばっかり出ております。世界中からバカにされている。日本はお金が好きで、世界のどこに不幸があっても「金さえ送ればいいんだろう」という顔をしているというふうに、非常にバカにされております。

しかし、そうではないんだと。日本の千年前には、一人の若い女が、こんな素晴らしい、世界にも比類のない大長編恋愛小説を書いていたんだと、誇りを持ってもらいたい。それをわたしは、今の日本の若い人たちにどうしても伝えたい、そういう念願があるわけなんです。だから訳したんです。

本当に書きたかったのは「宇治十帖」

ストーリーは光源氏の恋物語がしばらく続きます。そして、たぶんですが、物語が、光源氏が死んだ話にさしかかった頃に中宮彰子がようやく一条天皇の赤ちゃん、男の子を産むんです。つまり、皇子を産んだ。道長の念願がここで完成するわけです。

そうすると、道長にとっては、一条天皇に彰子のもとに来ていただくために『源氏物語』を書かせていたわけですから、もうこれで紫式部に用はなくなります。そのことをおそらく、非常に想像力の強い、勘の強い紫式部は感じ取ったと思います。それで、そんなところでグズグズしていたくないというので、おそらく、自分から職をしりぞいた、後宮から身を退(ひ)いたんじゃないでしょうか。

これはあくまでわたしの想像ですが、絶対当たっていると思います。あとで、学者がこれを証明してくださると思います。わたしがいまこれを証明できたら、わたしは文学博士なんですが、想像ですから証明できません。つまり、紫式部は、源氏が死んだところまで書いて、そこでいっぺん擱筆(かくひつ)した。もうこれは終わったとしました。

そして、そのあとで彼女は出家して、おそらく宇治に庵(いおり)を建てて住んだんじゃないでしょうか。あるいは、わたしの住んでいる嵯峨野(さがの)かもしれません。あとで「宇治十帖」が書かれていますから、おそらく宇治でしょうね。宇治あたりに庵を建てて静かに暮らそうとした。わたしだって出家して静かに暮らそうとしたんですが、こんなことになってしまいました。紫式部は、静かに暮らそうとした。しかし、二、三年は、じっとお経を読んだり、仏教の本を読んで静かにしていたんですけど、やっぱり、根が小説家ですから、やむにやまれない気持ちが起こってきて、「どうしても書きたい」と思ったんですね。『源氏物語』の続きを書きたいと思った。

しかし、主人公の源氏はもう殺してしまった。仕方がない。それで今度は、その息子と孫の時代に移って、そこから章を改めまして、舞台を都から宇治に移して、物語を書いていった。それが、今よく読まれている「宇治十帖」というところです。

「宇治十帖」は、どうも文章の調子がちょっと違う。それから、内容も、源氏のことを書いた本編とちょっと違うというので、これは紫式部が書いたのではないという説も学者の間にずいぶん出ました。しかしわたしは、その説を知って、何度も、何度も読みまして、今は絶対に、「宇治十帖」も紫式部が書いたと思っております。

紫式部が描く「女の出家」とは？

紫式部は、「宇治十帖」を出家してから書いたと思うんです。それはなぜかと言いますと、「宇治十帖」は非常に仏教色が濃い。紫式部はもちろん、『源氏物語』に仏教用語をたくさん使っておりますし、仏教的なことをいろいろ書いております。しかし、おそらくあの人は教養が邪魔をして、仏教知識はあるけれども信仰はなかったんだと思います。それてずっと書いていた。しかし、自分が思いきって出家をしたあと、知識はあるんですから、あとは信じることだけです。尼さんとして暮らしながら小説を書いたために、「宇治十帖」は仏教色が濃くなったんだと思います。

なぜ、紫式部が出家したと断定するかと言いますと、女たちの出家場面の表現が、「宇治十帖」では大きく変わったからです。『源氏物語』では、女たちが次から次に出家していきますね。第一号が、藤壺です。藤壺は源氏との間に不倫の子を産みます。しかも、それを、「あなたの子です」と夫をだまして、桐壺帝の皇子として連れていきます。

桐壺帝はその赤ん坊を抱いて、喜んで、そして源氏を呼んできて、「ほら、見てごらん、お前とそっくりじゃないか。この子は兄弟だから似ているんだね。器量のいい赤ん坊はそっくりだね」なんていう台詞がある。源氏の子どもだから似ているのは当たり前でしょう。

桐壺帝はそういうお人好しに書かれているんですけれども、その帝が亡くなりますと、源氏は怖いものがなくなって、藤壺にしきりにアタックします。藤壺はそれに困り果てるんですね。なぜならば、自分と源氏の不倫の子どもを皇太子にしております。その皇太子が天皇になるまでは、どうしても守らなければならない。自分と源氏の不倫がわかれば、そういうことも駄目になる。そして、自分の身も危なくなる、ひいては源氏の身も危なくなる。

藤壺は、源氏を、内心は愛しています。そして、後援者のない皇太子の、何よりも強い後援者として、源氏に生きていてもらわなければならない。そのためには、この恋を、邪恋ですね、この不倫の恋を断ち切らなければいけない。しかし、源氏は若さの情熱で押し寄せてくる。自分も好きだから、それを拒みきれないときがある。
藤壺は一人悩みまして、自分の夫の桐壺帝の一周忌の法要のあとで、誰にも相談せず、その一周忌の法要を司ってくれた比叡山のお坊さんに頼んで、いきなり出家するんです。法事のあとでいきなり出家する。ということは、この第一号の出家者は、源氏には相談していないということがわかりますでしょう。

源氏は、「法要のあと大切な式があります。それは中宮のご出家です」ということをいきなり聞かされて、びっくりするんですね。そこでよよと涙が出る。しかし、継母の出家を、継息子があんまり泣いたら、やっぱりおかしいと疑われますから、その涙を収めて、あとで誰もいなくなったときに藤壺のところへ行って、「どうしてあなたはこういうことをしてくれたんですか」と言って責めるところがあります。しかし、藤壺はもう出家しちゃったから仕方がないんですね。

源氏の君はその場にお残りになられて、申し上げる言葉も失い、ただもう茫然と、なすすべも知らず途方にくれていらっしゃいます。あまり取り乱しては、どうしてそれほどお悲しみになるのかと、まわりの人々に怪しまれるかもしれませんので、兵部卿(ぶのきょう)の宮などが御退出なさった後で、ひとり中宮の御前にまいられました。ようやく人の気配も静まって、女房たちが、鼻をかみながら、あちこちに群れ集まっています。折から月は隈(くま)無く照り渡り、月光が雪に照り映えている庭の景色を御覧になりましても、故院御在世の昔のことが偲(しの)ばれますので、源氏の君はたまらなく悲しくお思いになります。強(し)いて何とかお心をお静めになって、

「いったい、どのようにお考え遊ばして、こうも急な御発心(ごほっしん)を」

と申し上げます。中宮は、

「今はじめて思い立ったことでもございませんけれど、事前に発表すれば人々が騒ぎだしそうな様子でしたから、つい、覚悟もゆらぎはしないかと思って」

などと、いつものように王命婦(おうみょうぶ)を通して仰(おお)せられます。

(瀬戸内寂聴訳『源氏物語』「賢木(さかき)」)


源氏が、なぜ自分の女たちの出家を嫌うか、相談されたら許さないかと言いますと、当時は、出家者は絶対にセックスをしてはいけませんでした。仏教の戒律(かいりつ)の重いものに、出家者はセックスをしちゃいけないということがある。姦通(かんつう)しちゃいけない。しかし、源氏

はそれが好きですからね。好きな女とそういうことができなくなるのは困りますから、それで出家させないんです。尼さんとは絶対セックスできない。自分も出家したらできない。今のお坊さんはしていらっしゃいますけれど、当時はしていなかった。千年前は仏教の戒律が非常に守られていたんです。

源氏のような、見境（みさかい）なく、誰でも彼でも手を付けるラブハンターでも、『源氏物語』の恋の中に二つの禁忌（きんき）があります。何かというと、尼さんには手を出していない。それから、血の繋（つな）がった母子両方とはそういう関係にならない。お母さんとそういう関係になって、その若い娘がお母さんのように美しくて魅力があると、もちろん、源氏はその人も好きになります。しかし、娘とはそういう関係にはなっていない。この二つが、『源氏物語』の中の恋の禁忌です。

源氏としては、自分が出家したらそういうことができないから、自分は出家しない。「する、する」と言いながらしない。自分の女たちも絶対出家を許さない。しかし、女たちは、苦しいから出家する。何が苦しいか。源氏を好きだけれども、やはりそれは続けてはいけないから出家する。あるいは、源氏を好きだけれど、源氏は自分だけを愛してくれない、愛は独占欲が伴いますから、それに耐えられなくて出家する。あるいは、源氏が思うように自分を扱ってくれない、プライドが傷つけられて出家する。

そういうことで、女たちは出家していきます。出家するまで、女たちは源氏の大きさ、源氏の立場などに振り回されて、言いたいことも言えないで、源氏の女として、あるいは、妻として生きているんですが、思いきって出家したとたんに、よよと源氏が取りすがって泣く。その源氏を見下ろして、女の心の背丈がサーッと高くなる。今まで振り回された源氏を上から見下ろす、女が見下ろすという感じになっております。

これは、文章では書いてありません。しかし、丁寧に出家の場面を読めば、女の背丈が、心の背丈がサーッと高くなって、今まで振り回された源氏を見下ろして、源氏は女を見上げてよよと泣く、こういうパターンなんです。これは、紫式部が、女の出家というものをどういうふうに扱っていたか、ということです。

新ヒロイン「浮舟」の登場

「宇治十帖」になりますと、浮舟（うきふね）という素晴らしいヒロインが出てまいります。この浮舟に二人の男が目を付けます。一人が薫（かおる）という人です。源氏の子どもと言われているけれども、本当は源氏の正妻の女三の宮（おんなさんのみや）と、柏木（かしわぎ）という若い貴公子との間にできた不倫の子です。源氏は、自分のお父さんに対して不倫の子を抱かせた。同じように、自分の妻から不倫の子を抱かされる。そのときにはじめて、源氏は、「もしかしたら、お父さんも知っていたんじゃないかな」と思う一行があります。こういうところは、紫式部は本当にうまいです。

「亡き桐壺院も、今の自分と同じように、お心の内では何もかもあの藤壺の宮との密通のことを御承知でいらして、その上でそ知らぬふりをなさっていらっしゃったのではないだろうか。思えば、あの昔の一件こそは、何という恐ろしい、あるまじき過失だったことか」

と、身近な御自身の過去の例を思い出されるにつけ、昔から言うように「恋の山路」は迷うものなので、それに迷う人を非難するなど、出来た義理かという、お気持もなさるのでした。

（瀬戸内寂聴訳『源氏物語』「若菜 下」）

「コキュ（寝取られ男）」になったなんていうのは世間に恥ずかしいですから、源氏は、薫を自分の子どもとして育てます。そしてもう一人、源氏の直系の、源氏の娘（明石中宮）

の子どもですから、本当に血の繫がった匂宮（におうのみや）という皇子がいます。ほとんど年が違わない薫と匂宮、この二人が、「宇治十帖」の男の主人公になります。そして、その二人に愛された、浮舟という女性を紫式部は設定します。

この浮舟が非常に可憐（かれん）で美しい。八（はち）の宮（みや）という人の三人姉妹の一番下の娘ですが、お母さんは八の宮の女房で、八の宮が手を付けて浮舟が生まれた。しかも、八の宮はその子どもを認知しなかった。お母さんは仕方がなくて、地方官のところへお嫁に行って、浮舟は地方、田舎で育ちます。そういう子が年頃になって都へ出てきて、いろいろ苦労いたしまして、お姉さんである中（なか）の君（きみ）という人を頼っていって、と話が進みます。

そして、薫が浮舟を見つけて、恋人として宇治にかくまう、平たく言えば妾宅（しょうたく）に置くということですね。薫はそこへ都から通っていく。いま、京都から宇治なんて車ですぐ行けますし、電車で行ったらあっという間に着きますね。しかし、その頃、都から宇治に行くのは大変だった。山を越えていかなければなりません。そこへ通うことは大変なんだけれど、薫は通っていく。

ところが、匂宮が、これはもう光源氏の再来のような色事師（いろごとし）なんですね。この人がそれをなんとなく聞きつけまして、夜中に、薫の声を真似て忍んでいく。薫は生まれながらにとてもいい匂いを出すんです。フェロモン、腋臭かもしれませんわね。匂宮はその匂いを真似たお香を焚きまして、薫が来たようなふりをする。宇治の山荘にいる女房たちは薫が来たと思って、いつものように浮舟の部屋に通す。浮舟も薫が来たとばかり思ってそのままにしていましたが、ふと気がつくと、薫でないということがわかったんですね。順序とかが違ったんじゃないでしょうか。それで、ハッと気がついたけれど、もうそのときは遅かった。もうすでに、薫に化けた匂宮に犯されていた。

浮舟としては、図らずも、自分の意志ではなく、二人の男に身を任せてしまった。そのことを、今のお嬢さんはそんなに悩まないかもしれませんけど、浮舟は、二人の男に身を任せたということを非常に悩むんです。

紫式部が書きたかった「人間の不確かさ」

もっと彼女を苦しめたのは、自分を愛してくれている薫は、尊敬すべき立派な人、誠意のある立派な男と思っている。しかし、薫に化けて忍んできた匂宮に、浮舟の官能が付いていったんです。つまり、精神は薫にあるのだけれども、肉体が匂宮のほうに行った。

これは、二十世紀の小説でも主題になる問題でございます。それを千年前に考えた紫式部は、大変な人だと思いますね。精神と肉体の乖離(かいり)というふうなことを、ちゃんと書き分けた。

浮舟は悩みに悩んだ末、宇治川に身投げします。ところが、身を投げ損ねて向こう岸に渡って、たまたまそこへ来ていた横川(よかわ)の僧都(そうず)という人に命を助けられる。後に、この横川の僧都にお願いして、出家してしまうんです。

浮舟というのは地方に育っておりまして、あまり教養もない。そして、若くて、美しくて、可憐だけれども、頼りない女なんです。その浮舟が迷いに迷って、一途(いちず)に、たまらなくなって、横川の僧都に出家させていただく。横川の僧都というのは、現実の横川の僧都がモデルだと言われておりますが、本当に聖僧でまったく女なんか知らない、不犯(ふぼん)の聖僧ですから、そういう男女の機微(きび)がわからないんでしょう。「どうしても出家させてください」と言ったら、出家するのはいいことだというんで、出家させてしまう。

薫のほうは、浮舟が身投げをして死んだということになっておりますから、亡骸(なきがら)のないお葬式をしている。浮舟のお母さんも一緒になってお葬式をしている。しかし、横川の僧都に出家させてもらって、比叡山の、大原の近所の小野里(おののさと)というところに、ほかの尼さんたちと暮らしている浮舟の噂が伝わってくる。「あ、生きていたんだ」と薫はびっくりして、横川の僧都を訪ねていって、「あの人は、実はわたしの妻でした」というふうなことを言う。横川の僧都もびっくりして、「それじゃあ、還俗して、また一緒になればいいでしょう」というふうなことを言う。

非常に簡単に言いますけれども、横川の僧都が本当の聖僧だから、そういうことが言えるんだと思います。自分は知らないで出家させてやったけれども、そんな前途のある若い娘なら、一度出家したら仏さんは末代まで守ってくれるんだから、改めて還俗して幸せになるがよろしいというふうな考え方。わたしは、非常におおらかな考え方だと思います。

そして、浮舟にも勧める。しかし、浮舟は受け付けない。薫は浮舟に、「あなたはわたしを裏切ってひどい目に遭わせたけれど、全て許すから、また二人で仲良くしましょう」というふうなラブレターを書いて、浮舟の弟である小君という人に持たせて浮舟のところへ遣ります。

浮舟は、出家はしたものの、「数珠の扱い方も知らない」と原文には書いてあります。それから、お経もろくに読めない。つまり、非常に一途に出家したけれども、まだたどたどしい尼さんです。そして思うことは、「お母さんはどうしていらっしゃるかしら」とか、あるいは、「あの男たちはどうしていらっしゃるかしら」とか、そういうことを思っている。出家したけれども、非常に頼りない感じだと書いてあるのです。

ところがその頼りない浮舟が、薫の手紙を見て、「これはお人違いかもしれません」と言って、かわいい弟の小君にも会わずに、それを突っ返してしまう。そして、突っ返された薫が何と思ったかというと、「ああ、さてはこの手紙にこういう反応を示すのは、男がいてかくまわれているのかもしれない」、そこで、この長い長い、四千枚を越す『源氏物語』五十四帖が終わっているんです。

考えてみたら、変な終わり方ですね。終わり方が変だというので、ここで紫式部は死んだとか、いろいろと想像されました。

しかし、わたしは今度訳してみて、本当にいい終わり方だと思います。人生というものは、思うようにならないんですよ。いつ、どうなるかわからない。人生というのは不確かなものだ、人間というのは不確かなものだということを、紫式部はちゃんと書いたんじゃないでしょうか。明日はわからないんです。

薫は、若いときから悩みに悩んで、ハムレットのようによく悩む人です。それで、「出家したい、出家したい」と言いながら出家しない男が、「さては、男がいてかくまわれているのか」なんて、下衆（げす）な想像じゃありませんか。浮舟はそれまで数珠も持てない、頼りないと言われながら、パッと、断固としてその手紙を突っ返す、「そういうことはもうお断り」と。

浮舟の出家を仏が受け入れたんだと思います。その一途な浮舟の出家は、単純な出家です。しかし、仏が、その一途な浮舟の出家を受け入れてくださった。ですから、その薫からの誘惑を、浮舟は断固として断ることができた。

浮舟出家場面のリアリティー

わたしは、女人は成仏することができるかどうかということを、ここに来て、紫式部は書きたかったと思います。『源氏物語』では次から次へ女が出家していきますが、光源氏が死ぬまでの女たちの出家の場面では、出家した彼女はスッとした、源氏はよよと泣いたというふうにしか書いていない。詳しい、具体的なことは書いていない。

ところが、浮舟の出家の場面は、実にリアリティーがある。浮舟が、横川の僧都に頼んで、横川の僧都が「では、出家させてやろう」と言ったとき、几帳(きちょう)の縫い目の間から、浮舟が長い髪を、外に自分の手でかき出したという描写があります。その几帳の向こう側には、横川の僧都に命令された阿闍梨(あじゃり)が、その髪を切ろうとして鋏(はさみ)を持って待っている。

阿闍梨も不犯でしょう、おそらくその頃のお坊さんですから、女の黒髪なんてろくに目の前で見たことがない。その阿闍梨の前に、浮舟の、若い女の黒髪がワーッと出てくるんですね。

阿闍梨はショックで、鋏を持った手が震えて、「しばしためらう」と書いてあるんです。サッと切れない。オロオロして、しばしためらった。しかし、心を取り直して、それを切ったけれども、髪がギザギザに切れてしまった。それで阿闍梨が浮舟に向かって、もちろん顔は見せませんから几帳越しに、「とても切り方が下手で、うまく切れませんでしたから、あとでちゃんと直してもらってください」という台詞(せりふ)があるんです。

阿闍梨もさすがに御髪を充分には削(そ)ぎかねて、

「あとでゆっくり、尼君たちに削ぎ直させて下さい」

と言います。

額髪(ひたいがみ)は僧都御自身がお切りになります。

「こんな美しい御器量なのに剃髪(ていはつ)なさったことを、後悔なさいますな」

などとおっしゃって、いろいろ尊い出家の教えを説いて、お聞かせになります。

姫君は、すぐにはとても叶えてもらえそうもなく、誰もが皆、思い止まるようにと言い聞かせておられた難しい出家の本望を、何と嬉しいことに、今ついに遂げたのだと思います。これだけは仏のおかげで叶えていただけたのだと思われて、生きていた甲斐があったと、つくづく嬉しくお思いになられるのでした。

（瀬戸内寂聴訳『源氏物語』「手習（てならい）」）

こういう場面は、かつてなかった。これは、紫式部が自分の髪を切ったそのときの感動、あるいは経験が、そこに生きているとわたしは思います。出家の場面を、非常に事細かくリアリズムで書いた場面は、それまでありません。たくさんの女が出家したのですが、ないんです。「宇治十帖」に至ってはじめて、浮舟の出家の場面でそれがあります。

出家いたしますと着るものも変わります。衣（ころも）とか袈裟をいただきますが、浮舟はその場で急に出家したものですから、そういうものは用意できておりません。それで、横川の僧都が自分のお召しになっていた衣を着せてやって、自分の袈裟を貸してやったと書いてある。これも、非常にリアリティーがあります。

浮舟は出家の式を横川の僧都にしていただきます。得度（とくど）式というのがあるんですが、わたしが中尊寺で二十五年前（一九七三年）にした得度式と同じ形式なんです。同じ比叡山、天台宗ですから、同じ形式なんですね。そういうものを読みまして、わたしはもう本当に胸がドキドキいたしました。これは、絶対、紫式部は「宇治十帖」を書く前に出家した、と。証拠がないのが残念でございますけれども、これは小説家的直感と確信です。

『源氏物語』を読みましょう！

結局、頼りない浮舟はちゃんと仏が受け入れてくれた。薫は、教養がありながら、最後につまらない、下衆の勘ぐりをする。女は成仏できるよ、男は駄目よと、紫式部は言いたかったんじゃないでしょうか。そういうふうに、わたしは思います。

この非常に変わったエンディング、この小説の終わり方ですけれども、『源氏物語』をお訳しになった谷崎潤一郎さんの『細雪』という小説があります。あれは、『源氏物語』を訳したあとでお書きになった傑作と言われております。その小説の終わり方も、非常に変なんです。

主人公の雪子さんでしたか、きれいな人が、なかなか縁談が整わなかった。やっと整ってその相手のところへと、東海道線の急行に乗っていくんですが、その車中で下痢をしたというところで終わっているんです。これ、変じゃありません？　非常に美しい雪子が、何もわざわざお嫁に行く途中で下痢をしたと。しかしこれは、谷崎さんが『源氏物語』の影響を受けた終わり方だと思うんです。

後世にいろんな影響を与えるのが文学的傑作ですけれども、紫式部の『源氏物語』は、今は読み継がれていませんけれど、昔は読み継がれていて、お能になったり、お芝居になったり、絵画にもなったり、いろんなふうに、後世に影響を与えております。そして、たくさんの、同じ文学的血脈を持った種族を、次から次に増やして、つくっております。

これが文学の傑作の所以（ゆえん）だと思います。『源氏物語』は、光源氏というドン・ファンの恋漁りというふうに読んでも、それだけでもおもしろいんですけれども、それだけではない、もっと深い意味を、紫式部はこの物語に懸けていたのではないかというのが、今度訳しましたわたしの考えでございます。

第二章　ケータイ小説からオペラまで

（瀬戸内寂聴　86歳）

（ラジオ深夜便　人生〝私〟流「ワクワクしたい」二〇〇八年十二月十三日）

「源氏物語千年紀」の年に

――寂聴さんは八十六歳でいらっしゃるということなのですが、今年（二〇〇八年）は「源氏物語千年紀」のキャンペーンで全国各地をめぐられて。それから、作家生活五十周年ということもあって、もう毎日、飛び回るような生活を送られているそうですね。

瀬戸内　ええ、忙しかったですね、本当に。京都の寂庵に三日続けて眠ったということがないくらいです。もう毎日、朝、目が覚めたら、「今日はどこにいるのかな」と思って天井を見るような、そんな生活です。

――今日もいろいろなお仕事をなさって。

瀬戸内　ええ、今日も朝からずっと仕事があったし、こういう、いろんな人のインタビューを受けたり、本当にくたびれ果てています。声も出ないような感じ。

――お疲れのところですけれど、今日一日の締めくくりだと思ってお話しいただければと思います。さて、寂聴さんは、これまでもいろいろな賞を受賞していらっしゃいますけれども、今年は、また数々の賞を受賞されているのですね。

瀬戸内　そうですね。秋から、立て続けに四つの賞をいただきました。賞というのは、欲しいと思わないときに来るものですね。欲しがっていたときは、三十年くらい何も来なかったんですけど。

わたしが『源氏物語』であんまりこき使われたでしょう、京都府と京都市がかわいそうだと思ったらしくて、両方からいただいたんです。一つは、「京都創造者大賞」というもので、京都の商工会議所からもらったんです。それからもう一つ、「あけぼの賞」というのがありまして、これは京都府がくださいました。両方とも、よく頑張って京都を宣伝して、『源氏物語』のキャンペーンをしてくれたという、そのお礼の意味らしいです。

ところがこの賞をいただく授賞式の日に、両方とも『源氏物語』のキャンペーンで旅をしていましてね、出席できていないんです。だから、授賞式には行かずにいただいたの。

それからもう一つ、「安吾賞」をもらいまして、これはうれしかったですね。坂口安吾さんと言えば、わたしが終戦の翌年に北京から引き揚げたとき、もう『堕落論』なんかが出ていましてね。若い人たちが夢中になって読んでいたときです。わたしも、引き揚げてきてはじめてそれを知りまして、読んでみて、とても感動したんです。

長い戦争の間、わたしは真面目な優等生だったものですから、教えられたとおり信じていました。この戦争は日本のためで、それから中国のためでもあるし、東洋平和のためでもあるというふうに教えられて、それでもちろん、天皇陛下の御ためでしょう。だから、正しい戦争だというふうに思っていた。それまで日本は戦争に負けたことがないですから、負けるなんてことは考えてもいなかったんです。

そして、中国に行きましたでしょう。中国の北京で暮らしましたら、そこは日本が占領している感じですから、日本人がいばって、大変なことをしているんですね。中国人をいじめている。それを目の当たりにして、「これはおかしい」と思っていたら、戦争に負けました。

戦争に負けたということで、いままで考えていたことが全部ひっくり返って。これからはもう、人の言うことなんか聞かないで、自分が感じて、自分の手で触って感触を確かめたものでないと信じまいと思ったんです。

そうして帰ってきたら、坂口安吾の『堕落論』だった。まさに、『堕落論』に感動しまして。自分の考えで生きろということね。人間はいくら堕落しても、そこから立ち上がればいいというふうな教えですから、「これだ」と思って、そして、家を飛び出しました。

——その頃、寂聴さんは二十四、五歳でいらっしゃるから、六十年の時を経て坂口安吾の賞を受賞された。

瀬戸内 そうですね。安吾さんはそのあと流行作家になって、メチャメチャな生活をなさったあげくに亡くなったんです。安吾さんの小説もとても好きでした。いろんな作家がいましたけれども、安吾さんがとても好きだったんです。一度もお目にかかったことはないんですよ、だけれども好きで。

安吾さんというのは不思議な人で、全集が四回ぐらい出ているんです。いま、五回かな。わたしは少なくとも三つの全集は買っているんです。それぐらい好きだった。でも、まさか安吾賞などもらうと思わなかったので、びっくりしました。安吾賞というから文学にくれたと思うでしょう。ところが、よく話を聞くと、安吾らしく生きた人にくれるんですよ。

――「無頼派」ですか。

瀬戸内　そうそう、無頼派にくれるんですね。とにかく、思うように生きたという人、その生きざまにくれるという賞で、なおうれしくなりまして。これは、新潟まで行っていただいてきました。

そのあと、今度は「VOGUE」の賞。

――「VOGUE」は雑誌ですよね。

瀬戸内　そう、フランスの素敵な雑誌、おしゃれな雑誌。日本でも出ていますね。そこに、

「今年最も輝いた女性たち」というのが出るんです。「Women of the Year」というんですかね（VOGUE NIPPON Women of the Year 2008）、それに入ったんです。これは、自分では何のことかわからないんですよね。

女性の編集者に、「この賞が来た」と言いますと、ほかの賞、安吾の賞でもそんなにびっくりしない人たちが、「へえー」と言うんです。「どうして？」と言ったら、尼さんが「VOGUE」の賞をもらうなんて不思議だと思ったんでしょう。若い人たちが興奮するんです。「何、着ていくの？」とか、大変なんですよ。

――授賞式に。

瀬戸内　はい。だから、「そんなに大変なものなの？」なんて、わたしのほうがびっくりするぐらいで。でも、わたしはこの姿（袈裟姿）しかありませんから、これで行きました。ほかの皆さんは素敵な服を着ているんです。事前のキャンペーンみたいなものに、ドレスはどこそこ、アクセサリーはどこそこと、出どころと値段が付いているんですけど、わたしの場合だけ、「全て自前」と書いてあるの。おかしかったです。

――でも、逆に目立ちますよね。

瀬戸内　そうそう。賞は九人いただいたんです。だから、四人ずつ左右から舞台に上がる。

わたしだけ、真ん中の幕がパッと開いて、わたしだけがそこに出ていって、真ん中に入るの。

——主役ですね。

瀬戸内　わたし、ちっちゃいじゃないですか。周りは大きいでしょう。だからね、すごくかわいらしく映ったらしい。

——印象的に一番目立って。

瀬戸内　一番輝いているというと、この頭ですからね。それは一番わたしが輝きますよ。

——女性として、生きかたと、エネルギーと、こんなふうに生きられたらすごいなと、いまの若い人の言葉でいうとリスペクトという言葉がありますけれど、本当に尊敬の対象であるということですよね。

瀬戸内　あんまりピンと来ませんけどね。

——こうやってお話をしていても、一日中お仕事をされてきた最後の時間なのに、こんなに元気にお話しされていて、若々しくいらっしゃると思うんです。ご自身で、若々しさの秘密は、ワクワクする気持ちを持つことということふうにお書きになっていらっしゃいますでしょう。

瀬戸内　もう生きていることがワクワクすることでしょう。ワクワクしないで生きていてもつまらないじゃないですか。わたしは、ワクワクのほかに、ソワソワが入ったほうが楽しいと思うんです。何か、毎日同じ状態が続いて、何も感動しないというのはつまらないでしょう。

　ところが、八十六年も生きてごらんなさい。もう何を見ても驚かないし、何が起こっても、「あ、そう」って感じなのね。ちっともそこで、心躍ったり、血が騒いだりしないんです。それが何かいやで。いかにも年寄り臭いでしょう、そういうの。だから、何かワクワクすることはないかなと思って、考えているんです。それが若さの秘訣かもしれませんね。

「ケータイ小説」を書いてみようかと思って

――それでびっくりしたのは、この夏はケータイ小説をお書きになっていて。

瀬戸内　われわれ、いわゆる小説家の玄人(くろうと)が一所懸命小説を書いて、本にしてもらっても、本当に売れない。十万部売るのが大変なんです。十万売れたら、革表紙の、お祝いの本をくれるというふうな、そういうことなんですよ。百万なんて売れているのもたまにありますけれども、そういうのは本当に稀(まれ)なことなの。

ところが、ケータイ小説がとても流行(はや)りまして、若い人に読まれて、あっという間に、一つ出したら十万とか二十万とか売れるって聞いたんです。それは、けしからんと。

——最初は、「けしからん」からお入りになったのですね。

瀬戸内 そうそう、「素人(しろうと)がなんだ」と思いましてね。

——携帯電話の画面で小説を読めるという形式なんですね。

瀬戸内 ただで読めるんですね、あれは。それから、携帯電話で評判がいいと活字の本になって、それがまた売れているんです。

それなら、ちょっと研究してやりましょうと思って、ケータイ小説から出版になった本を自分で買ってきたんです。それを片っ端から読んでみた。そうしたら、つまらないのもたくさんありますけど、中には二、三、なかなかいいのがある。それが評判なんですよ。やっぱりこれは、才能のある人が書いているなと思ったんです。

だけど、わたしから見たら、「あら、こんなの、すぐ書けるわよ」と思うでしょう。だから、いたずらっ気を出してちょっと書いてみようかなと思って。でも、瀬戸内寂聴がケータイ小説を書いたというわけにいかないから、ペンネームをつくろうと思って。

――ケータイ小説の作者の名前ということですか。

瀬戸内　そう。それがね、いまの女の子が喜ぶような名前があるじゃない、そういうのはもう全部使われている。それなら、もっと違うものにしましょうと。今年は源氏物語千年紀でもあるし、紫式部で、「ぱーぷる」って付けたんです。

――紫でなく、「ぱーぷる」に。今日も紫のお召し物でいらっしゃいますけれど。

瀬戸内　「ぱーぷる」で書いてみたんです。それでサイトに載せるでしょう。そうしたら、どんどん、どんどん、読んでくれるんです。それで、わたしの知り合いは誰もそのことを知らない。でも、わたしは本来おしゃべりでしょう。もう言いたくてしょうがないの。「わたしが書いている、わたしがぱーぷるよ」と。それをじっと我慢して、三か月ぐらい通したんです。

それで終わりまして、それから、本になりました。そうすると、いままで隠していた「ぱーぷる」はわたし（瀬戸内寂聴）よ、ということがわかったでしょう。それで本が売れるかなと思ったら、本はたいして売れないのね。普通のわたしの小説よりも、むしろ、もっと売れないくらいなんです。ところが、携帯電話では読まれているんです。その数が、どんどん、あっという間に多くなるんです。

——わたしの携帯で探しますと、『あしたの虹』というタイトルで、著者のところは「ぱーぷる」となっていますね。読んだ人のいまの数が、四百九十四万六千四百五十。これはすごいですね。

瀬戸内　すごいでしょう。だって、もうすぐ五百万でしょう。わたしは年内に五百万行くと思っているんですけど、五百万の人が読んでくれているって、考えられますか。

——いま、目次を拝見してびっくりしたんですけれども、「第1章　初めての経験」から始まりまして、ちょっと中を見せていただいていいですか。

瀬戸内　まったくわたしの文章じゃないでしょう。

——「1　トオル」で始まるんですね。

　ヒカルが初めての彼ではなかった。
　中2の時、それは終わっていた。
　同じ演劇部の3年のトオル。
　いつでも軽いのり。みんなを笑わせてばかりいた。
　中学出たらお笑い芸人のおじさんにしこまれて、お笑いのスターをめざすと決めて

いた。（原文は横組み）

瀬戸内　まさか、わたしと思わないでしょう。

――いやあ、これは、寂聴さんにとっては、お名前を変えるというだけではなくて、いままで書いてきたものとまったく違うものをお書きになった。

瀬戸内　だって、ケータイ小説は、いま書いている人たちの年代の文章にならなきゃ、読んでくれないでしょう。

――そうすると、気持ちは中学生ぐらい？

瀬戸内　そうそう、中学生ぐらいの気持ち。最初は自分で打っていたんです。そうすると、打つのが下手くそだから、短いものでも一日かかっちゃうの。

――携帯電話の画面って、横書きで、だいたい一行が十文字、十五文字ですものね。

瀬戸内　すごくセンテンスが短いでしょう。だからもうくたびれましてね。これやっぱり書かなきゃと思って横書きで書いて。横書きも、わたしの世代は慣れていないんです。だから、もうやっぱり縦書きだと思って、原稿用紙に縦書きで書きまして、それを横書きに打ってもらって、それから校正するんですけど。若い子に見てもらって、「これでいい？」

と言うと、「こんな会話しないよ」とかね。

——言葉遣いが。

瀬戸内　「こんなダサい文章は使わない」と、もう、さんざんなんですよ。「じゃあ、どうすればいい？」なんて相談して、一所懸命直して。だから、普通の小説よりもずっと時間がかかりました。

——でも、それこそ、源氏物語千年紀で全国各地を歩いている、その夏におやりになっていたんですよね。

瀬戸内　ええ、そう。だって、つまらないじゃない、全国歩いて、同じ話ばっかりしたって。だから、電車の中でも、飛行機の中でも書いて。

——移動中にずっとお書きになって。

瀬戸内　わたしは昔、少女小説を書いていた頃があるんです。だから、わりあいコツがわかっているんですよ。

——『田村俊子』（一九六一年）などを書くもっと前ということですね。

瀬戸内　前です。本当の小説家になる前に少女小説を書いて暮らしていたんです。

——読者からの反応なんかはあったんですか。

瀬戸内　途中でどんどん反応があるんです。わたしだと知らないから、「文章が上手ですね」とか、そういうのがあるの。「応援しています、頑張って」とか。

——たとえば連続テレビ小説などは、「翌日も観たいな」という形にしますでしょう。ああいう感じに、次へ、次へと展開していく楽しみも持たせながら書いていくのですか。

瀬戸内　もちろんそうです。新聞小説と同じですよ。一回ごとに山場がないと。それも、慣れていますからね。

　それから、書いていくうちに、普通の大人の小説でも、人物が勝手に動き出すんです。作者の意図を外れて勝手に動き出す。その場合は成功しているの。だから、ケータイ小説でも、はじめは「こうしてやろう」と思っているのが、全然違う方向に、勝手に動くんです。それでわたしは、「あ、これはできた」と思ったんです。それで、どんどん物語が進んでいく。

『源氏物語』をちょっと下敷きにしまして、主人公をヒカルというのにしたんです。それから、お父さんの恋人と不倫になるという、そこまではもらったんです。そのあとは、わたしの独自の考え方です。

能、歌舞伎、オペラを書く

――今回のケータイ小説は本当に新しいというか、びっくりしましたけれども、これまでも、小説はもちろんですけれど、歌舞伎とか、能、狂言も、オペラもお書きになる。どんどん拡張されていきますでしょう。

瀬戸内　わたしがそうしたんじゃなくて、向こうから注文が来たんです。最初、まず、お能が来たんです。そのときにびっくりして、「どうしようか」と思ったんですけど、でも珍しいからやってみようかなと思って。

――それがすごいですよね。新しいことに、「いや、それはちょっとわたしの専門じゃないので」とおっしゃらない。いつも飛び込んでいっちゃうんですね。

瀬戸内　その代わり、勉強しますよ。もう、大急ぎで勉強します。それが、なんと言うか、全部当たったんです、わたしの書いたものが。

歌舞伎の「源氏物語」（二〇〇一年）のときは、いまの市川海老蔵が新之助のときで、本当に若くて初々しいときですね。だから等身大の光源氏でした。新之助と会って話しているうちに、「この人は素晴らしい」と思ったものですから、才能があると思ったから、「この人の光源氏なら、いける」と直感したんです。二回書きましたけれど、とても楽しかったです。

オペラ（「愛怨」二〇〇六年）も向こうから依頼がきて。オペラなんて、わたし音痴だし、聴くのは好きなんですけど、歌はまったく歌えない。「もう、そんな、とてもとても」と思ったんですけれども、粘られるうちに、「ちょっとやってみようかな」という気になりまして。それで、とうとう書いたんですけど、日本人が書いたオペラとしては大入り満員でした。

カーテンコールというのがあるじゃないですか。子どものときから、あれ、一回したいなと思っていたんです。オペラのとき最後にカーテンコールに呼んでくれて。それで出ていって、お辞儀するのね。あれがうれしくてしょうがない。ああ、よかったと思って（笑）。

――今年の六月に、『寂聴伝　良夜玲瓏』（齋藤愼爾著）という寂聴さんの伝記が出版されました。その本の最後に年譜があるんですが、それを拝見していますと、おもしろいですね。普通だったら、たとえば、六十歳とか、七十歳とかの節目で、だんだんやっていらっしゃることが減るのかなと思うのに、むしろ増えていくという。毎年、何歳のときに何をやったということが書かれている行が、どんどん増えていくんです。そういうふうにモチベーションを持って、元気にいられる秘訣はなんですか。

瀬戸内　やっぱり、出家したからでしょうね。出家したとき、わたしは五十一歳だったんです。だけど、そのとき一応「死んだ」ということですから。生きながら死ぬことが出家だというふうにわたしは解釈しているんです。だから、そのときに、うんと若くなったと思うの。

――人生をリセットするとは言いませんけれど、そこで一回、若返ったと。

瀬戸内　はい。五十一歳から三十歳ぐらいに返ったんじゃないかな。だから、いま、若いんだと思います。

それから、出家したために、なんて言えばいいのかな、欲ですね。「あれが欲しい」「これが欲しい」とか、「賞が欲しい」とか、以前はそんなことばかり思っていたのが、全部なくなったんです。「あとはお任せ」という気持ちになったの。お任せというのは、仏さまにお任せ。だから、自分はしたいことをしていればいいんだと、そういう気持ちになったの。気がとても楽になりました。

――ちょうど四十歳ぐらいから、流行作家という、本当にいろんなところに書くというような時代が、寂聴さんの中で訪れますよね。

瀬戸内　でも、あんなに書いているのに、三十年間、なんにも賞をもらえなかったの。そのときにちょっと悔しかったから、イライラしていましたけれども、出家したら、「そんなのどうでもいいや」と思ってきたでしょう。そうすると、来だしたんです。七十歳からですよ。五十一歳で出家して、七十になって、突然、谷崎潤一郎賞、それからだんだんと、いろいろ賞をいただくようになったんです。

――七十九歳のときは野間文芸賞ですし。そうですね、たしかに、いま年譜を拝見しながらお話ししていますけれど、節目、節目に、七十歳以降、いろんな賞を受賞されて。

瀬戸内　それで、七十歳から『源氏物語』の現代語訳を始めたんです。版元の講談社に、はじめてわたしは持ち込みをしたんです。「源氏を書いているけれど、出してくれますか」と。そうしたら、「うちは、瀬戸内さんの源氏は欲しいけれど……」と、重役がジーッとわたしの顔を見て、「あなた、最後まで命が持ちますか」というようなことを言ったの。

　言われてみて、「ああ、そうか」と思ってね。七十だから、そりゃ、心配するほうが当たり前ですよね。だから、もっともだと思いましたけれども、「それは賭けですね」なんて言ったら、向こうも引き受けてくれて。それで六年半かかりましたけれど、できたんです。それができてから、今年がちょうど十年目なの。それで、『源氏物語』は千年目。

――本当に、ちょうど節目として。

瀬戸内　偶然ですけどね。

新しいチャレンジ、雑誌「the 寂聴」

――日々の暮らしの中で、たとえば、こういう気持ちで過ごすようにしているとか、あるいは、食べ物に気をつけているとか、そういうことはあるんですか。

瀬戸内　うーん、ないんですよね。ただ、出家して一年経ったときに、くも膜下出血をしたんです。寒いときに編集者が来て、「お経を上げてください」なんて言うんです。からかったんでしょうけれどね。それで、仕方がないから、「はい、はい」と言って持仏堂へ行ったの。火をカンカンして暖かくしているところから、急に寒いところへ。持仏堂は寒いですから、火がないですからね。そこへ行って観音経を上げたんです。

上げている途中で、ちょうど後頭部をバットで殴られたようにグンと痛かったの。でも、途中だからやめるわけにいかない。仕方なくて最後まで上げて。それで、「ちょっと、ごめんなさい」と。それで、あとはもう、ものが言えないで、引っ込んで横になったんです。それがくも膜下出血だったんです。軽いほうで、手術もしないでいいくらいだったけれども、そうですね、一年半ぐらい、右半身がちょっと不自由だったし、それから、呂律が回らなくなっていました。
「出家して観音経を上げている最中に頭をぶん殴るなんて、なんて仏さんだろう」と腹が立って、姉に、「もう、仏さんなんていないんじゃないの」と言ったことがあるんです。そうしたら姉が、「それは違うのよ」と。「仏さんが、お前は若ぶっているけれども、もう年だよと言って頭をそっと叩いてくれたのよ」と言うんです。「ああ、そうかな」と思って。

——でも、いま、こんなにお元気ですものね。

瀬戸内　そのときは、ちょっとしゃべりにくかったんです。いま、こんなにペラペラしゃべっている。不思議ですけれど。

本を読んで、玄米菜食というのをしたんです。玄米食と菜食を主に一年半、お酒はもちろん一滴も飲まないでやりました。そうしたら、本当に治ったの。だからわたしは、人によく勧めるんです。徹底的にやったら効きますよ。でも、治ってくると、やっぱり、おいしいものが食べたい。また肉を食べたり、酒を飲んだりして。

——今年の六月ぐらいに、お酒を召し上がったときにお怪我(けが)をされて、もう大変だったとか。

瀬戸内　ええ、もうひどいことになりまして。飲み過ぎて泥酔してね、それで階段から落っこちて大怪我をして。左半身を打って、顔が腫れて、真っ黒けになりましてね、お岩様みたいになったんです。

仕方がないからお医者さんに行ったら、「あなた、お若いですね」と言うんです。「何が若いんですか」「八十六歳で泥酔する人はいません」って。アハハ。もう、そんなことを言われましたけれど、バカなことをしたと思います。

――でも、本当にお元気でいらして。さっきのオペラとか歌舞伎にしても、みんな、依頼があるから新しいことにチャレンジするのよとおっしゃっていましたが、今度また新しいチャレンジで、「the 寂聴」という名前の雑誌が出るんですね。

瀬戸内　ええ。こんなすごいことをしようとは思っていなかったんですけど、編集長の方におだてられて、ついつい、引き受けちゃった。

新井（敏記）さんという方で「Coyote（コヨーテ）」という雑誌などを出している方です。それがとても素敵な雑誌でね。この方の編集の才能をわたしは信じていたんです。その方から、「やらないか」と言われたんですよ。わたしは、「そんなものとても」と。

何しろ、タイトルは「寂聴」とあちらはおっしゃったの。「そんな雑誌、わたしは全部ストリップしているから、いまさら珍しくないし、誰も買わないわよ」と言って、まったく乗り気じゃなかったんです。だけど、編集の天才であると同時に、人を口説く天才ですね。なんとなくしゃべっているうちに、ふと気がついたら、もう乗ってしまっていたの。それで、やりたくなっていたんです。

——発売直前なのですが、いま手元にあるものを拝見すると、カラーなんですね。

瀬戸内　立派な雑誌でしょう。紙もいいでしょう。

——きれいな紙です。写真もふんだんで。

瀬戸内　びっくりしましたよ、わたしも。わたしはその半分ぐらいのペラペラした雑誌だと思っていたの。

——中身は文芸誌ということですよね。パッと拝見した感じだと、対談もあるし、寂聴さんの日記もあるし、びっくりしたことには、挿絵(さしえ)も描いていらっしゃる。

瀬戸内　本当に恥さらしですけれど、いろんなものが出ているんですね。

それから、ショーケン（萩原健二）との対談。これがすごい分量を取っていますけれど、格好いいですね、この人。

——もう、本当に息子さんのように。

瀬戸内　「お母さん」なんて言って、あの声で朝早く電話がかかってくるんです。そうすると、ショーケンなのね、声でわかるんです。息子みたいな年齢ですけど、もっと若いかな。

　わたしね、男の趣味が、駄目男が好きなの。だから彼も、次から次に困ったことをしでかして、しょうがないと思われているでしょう、そういうのが好きなんですよ、わりあい。

――優等生は駄目ですか。

瀬戸内　駄目な息子ほどかわいいと言うじゃないですか、そんな感じですね。でも、わたしは、彼の役者としての才能を信じていますから。才能のないのはいやなのね。せっかくだから、もう一回、華々(はなばな)しくやってもらいたいなと、それは親の希望です。

――創刊号には、ショーケンさんと横浜と京都を一緒に歩きながら対談しているという記事もありますし、それから、書き下ろしの日記ですとか、藤原新也さんとの往復書簡ですとか。川上弘美さんが、初回はエッセイを書いていらっしゃいますが、毎回、寂聴さんとの関わり合いをいろんな方がお書きになる予定なんですね。

瀬戸内　そういうことになるでしょうけれど、わたしは、もっと、そういう人たちに作品をもらいたいと思うんです。わたしに関することじゃなく、小説を書いてもらいたいと思それを口説き落として、やってもらったんですけれど。この往復書簡の「終の栖」という題字もそうなの。字も書いてくださったの。それが本当に素晴らしいんですよ。写真はやるし、文章もお書きになるけれど、こんなに墨の字がうまいと思いました？　すごいでしょう。だから、こんなふうに、この雑誌に何かしてやろうという人がだんだん増えてくる。そういう好意をいただかないともったいないないじゃないですか。

うの。わたしのことはもうけっこうだからね。
　でもね、藤原さんだって、往復書簡なんて引き受けてくれる人じゃないでしょう。

――そうですね。だって「瀬戸内寂聴責任編集」と、表紙にドンと書いてありますからね。

瀬戸内　次から次にアイデアが浮かんでくるんです。「こんなのどう？」と新井さんに言うと、「あ、いいですね」と言うんだけれども、全部使ってくれたことは一つもない（笑）。「the 寂聴」、これだけは使ってくれたの。「雑誌だから、the と付けたら？」と言ったら、「それはいいね」と、これだけ使ってくださった。あとは何も、意見を言っても全然。「あ、いいですね」と言うんだけど使ってくれない。

――でも、まさに、ケータイ小説とはまた違ったジャンル、雑誌という形の新しいものをつくっていくという。

瀬戸内　それはやっぱり、楽しいですよ。だって、無からこういうものを、形をつくるんだから。

――いよいよ発売が、明日ということなのですが。

瀬戸内　やっぱり、ドキドキしますよ。

俳句は余技なので自信がありません

――表紙が、ちょうど今日のお召し物もそうですけれども、紫のお召し物の、本当にトレードマークですよね、笑顔の素敵なお写真になっていまして。パッとめくると、「今月の寂聴」という形で俳句がありますね。

瀬戸内　それもね、新井さんに提案されたんですけれどね。小説は本職ですから、下手でも自信はあるんですけど、俳句はまったくの余技ですし、ちゃんと先生についているわけじゃなくて、本当に勝手に書いているもんですから、自信がないんです。

――この創刊号には九句載っていますが、いくつかご紹介してもいいですか。

瀬戸内　うーん、あんまりたいしたものはありませんけどね。

いくばくの余生と知らず柚子湯かな

瀬戸内　柚子湯が好きで、毎年、柚子湯をするから柚子湯の句がいっぱいあるんです。でも、今年はやっぱり、あと何年生きるかわからないなと思って。柚子湯でゆったりしたらそういうことを思うじゃないですか。だから、人間は自分の死ぬときがわかりませんから、誰にでも言えることなんですけれども、やっぱり、八十六歳となれば、今夜死んでもおかしくないですしね。ですから、「いいお湯だな」と思うと同時に、「いったい、あとどれぐらい生きるのかな」とも思いますよ。

秋麗や幽かになりゆく耳も目も

瀬戸内　これはね、今日もそうですけど、今ごろは、秋そのものが美しいじゃないですか。でも、そういう中、今年も生きたなと思うんですけれど、わたしは元気そうにみえるけど、とっくに、耳が遠くなっているんです。今日は不思議にあなたの声がよく聞こえるんですけど、こんな小さな声は、普通、聞こえない。

耳の遠くなったことでおかしいことがありましてね。わたしは講演するでしょう。そうすると、必ずそのあとで質疑応答という時間をもらうんです。聴いている人たちから、その場でいろいろ質問を受けて、それに即座に答えるということをしている。そうすると、いらした方が、自分もその会に、ただ聴きに来たんじゃなくて、参加したという実感がわくらしいの。そのやり取りがとても生き生きしておもしろいんです。

あるとき、前の席のほうにいた方で、とても美しい、しとやかな奥さまらしい方が立ち上がって何かおっしゃったの。聞こえないんです、何を言ったのか。でも、わざわざ立ち上がって何か言うんだから、いいことがあったんだろうと、「それはおめでとうございます」と言ったの。

そうしたらうちの秘書が飛んできて、「なんてことを言うの。あの方は、この間主人が亡くなりまして、とおっしゃったの」と。もう困ってしまって。わたしが舞台から飛び降りていって、「ごめんなさい、ごめんなさい、わたしは耳が遠くて聞き間違えました」と言ったら、その方が固くなって、もう手を握りしめて、うつむいて頑張っているんですよ。だからわたしは、これはとても怒っていると思って、「ごめんなさい、ごめんなさい」と言ったら、プーッと吹き出したの。笑いをこらえていたのね、その人が。どうしたことかと思ったら、「主人が亡くなって、はじめて笑わせていただきました」と言ったの。だから、ああ、よかったと思ったんですけど、そういう滑稽なことがあるんです。

　本当にもう耳は遠くなって、補聴器も買った。飛び上がるほど高い補聴器を買ったんです。あんまりもったいないから、わたしはそそっかしいから落とすと思って使わないでいたの。そうしたらその補聴器屋さんから電話がかかって、「いかがでございますか」と聞かれたから、「なくすといけないからまだ使っていない」「いや、補聴器も賞費期限がございます」と。ひどいでしょう。それは買うときに言うべきじゃない？

「何年ですか」と聞いたら、「五年です」と言うの。「あなたは半年以上使っていないから四年半になりました」と。そんなことを言うんだけど、あんまりうまくいかないんです。

——でも、今日お話ししていて、まったく問題なさそうで。

瀬戸内　今日は、不思議ね。こういうふうに疲れている日は聞こえないはずなんだけど、あなたの声は聞こえますね、不思議ね。

——たまたまこのラジオのスタジオの何かがいいのかもしれないですね。

瀬戸内　そうかもしれない、何かいいんじゃないかしら。男の人の太い声は聞こえるんです。だけど、女の人の、あなたみたいにやさしい、澄んだ、美しい声が聞こえないの。高音が聞こえない。だからいつも、秘書とケンカするんです。彼女は、澄みきったとてもいい声なんです。それは聞こえないの。「言った」「言わない」「聞いていない」とケンカするの。

耳でしょう。それから目も、でしょう。やっぱり、体は正直だから、ちゃんと老いているんです。認めないだけなの。認めたとき、駄目になりますから。

ひたむきのわが性矯めず秋深む

瀬戸内　これは、自分の思ったことをそのまま言ったんですけどね。わたしは、ほら、性格が一途でしょう。だからひたむきなんですよ。何かすると夢中になるでしょう。「ひたむきのわが性」、自分の性格を、「矯めず」、直さないで、来ているんですよね。そして、今年の秋も深まったなという、そういう考えなんです。

——もうこれは、本当に寂聴さんの生き方そのものを、この俳句の中に表現なさった。

瀬戸内　いまさら、直せないものね。もうちょっとお上品にすましていたいけど、そういうわけにいかないの。思ったことはしゃべるし。

人生で大切なものは「出会い」

――間もなく今年も終わりますけれど、年が明けたらこういうことをやってみたいとか、あるいは、こんなことでワクワクしてみたいとか思われていることはありますか。

瀬戸内　まあ、でも、こんな雑誌をつくったら、ドキドキ、ワクワクはしますわね。

――そうですね、まず、これを成功させるという目標がありますね。

瀬戸内　たくさんのお金がかかっていますしね。わたしはかまわないんだけど、やっぱり、一冊でも多く売らなきゃいけないいんじゃないかと思いますね。

――毎号、こうやって俳句もお書きになるんですか。

瀬戸内　いや、もう俳句は懲りたわね。大変だ。

――創刊号で懲りないでください。

瀬戸内　このページ、二ページくれるなら、小説を書いたほうがいいと思うわ。短い小説ね。川端康成さんが名付けられた『掌の小説』というのがあるんです。手に乗るような短い小説、詩のようなもの。そういうのがわりあい好きなんです。でも、それを毎号書くなんていったら、また大変なことになるかもしれない。まあ、どうなるんでしょうね、編集長に任せましょう。

――こうやって新しいものを一冊一冊、つくり上げていくという楽しみのほかに、新しい人と出会うことですごくワクワク、ドキドキするというようなことはありませんか。

瀬戸内　もう、女の人に会ってワクワクはしませんわね。だから、やっぱりそれは、若くても、年寄りでもいいけど、男の人に会うとワクワクするかなと思うけれど、もうそれも終わったという感じね。

ただね、いままでもずっと出会いがありましたけれど、生きていくということは、人と出会ったり、物と出会ったり、小説と出会ったり、音楽と出会ったりと、そういうことでしょう。だから、出会いということは、人生でとても大切です。わたしはわりあい、そういう出会いに恵まれていると思います。特に「人」で言えば、本当に小さいときからのお友達もいるし、それから、女子大のときのお友達なんかも、いまでも毎月電話をかけて行き来しているし。

それから、男運も、わたしは悪くないと思うんです。何人か仲良くなったり、別れたりしましたけど、みんな、いい人でした、本当に。その人に出会ったために、これだけのことをいただいたという思いがありますね。

別れた夫にしましても、それは何もケンカ別れしたんじゃなくて、わたしがわがままで飛び出したんですけども、人並み以上のいい人でした。だいいち、娘をわたしに与えてくれたからね。だから、やっぱり、ありがたいでしょう。

そのほかの人たちは、わたしの小説の肥料になってくれましたから。師匠でもあり、肥料にもなってくれたから。幸運なほうじゃないかな、人との出会いは。

――悪いほうに考えると、「ああいう出会いがあったから、こんなふうになっちゃったんだ」とか、人のせいにするという考え方もあって、自分が縮こまってしまったり、つらい思いをしたりというときになりがちですよね。

瀬戸内　身の上相談に多いですよ、そういうのは。「あの人にだまされた」とか「こんな目に遭った」とか、そんなことは、言ったらみっともないですよ。やっぱり、恋愛の場合は、特に男女の恋愛の場合は五分五分（ごぶごぶ）ですよ。だから、相手にこんな目に遭ったと言う人がいますけど、それは、そんな目に遭わされるものがこっちにあるんです。

――そうですか。

瀬戸内　うん。わたしは絶対、五分五分だと思う。たとえば、ある人が「わたしはこんなに夫に尽くしたのに、相手はこれだけひどい目に遭わせた」と言うんですけど、自分はこんなに尽くしたと思っている、その尽くし方がね、彼が求めている尽くし方と全然違っている場合があるじゃないですか。着るものから何から、全部世話して、おいしいものを食べさせて、と思っているでしょう。でも、そんなことをしてほしくない男もいるのよ。もっとわがままで、ハラハラさせてくれる妻がいいと思う男もいるわけです。だからそれは、組み合わせだからね。

わたしは、男女の間、恋愛はね、絶対、五分五分だと思う。だから、「こんな目に遭わされた」なんて言わないほうがいい。両方の責任ですよ。

中にはひどい男もいますから、はじめからだまそうと思っている人もいるでしょう。そんな人に巡り会ったら運のつきですけれどね。でも、そういう人に引っかかる要素がこっちにあるんだから、しょうがないでしょう。

わたしのところに、だまされて財産も取られたという方が来て、それも七十過ぎた人なんかが多いんですよ。でも、「あなた、その人と会ったときに、七十前でしょう」と言うの。「そんなときにいい思いをさせてくれたんだから、いい思い出もあったでしょう。いいじゃない、お金がなくなっても」と言うんですよ。だまされると言ってしまうといやだけど、でも、出会いはね、自分にとってよかったと思ったほうが幸せよね。

――本当にそうですね。出会いがなかったら、生きていても楽しくないですものね。

瀬戸内　それでね、人を愛するということは、とてもうれしいことよね。だけど、愛したとたんに苦しみが始まるんですよ。

――それも深いですね。

瀬戸内　だって、愛するってことは、人間の場合は独占欲でしょう。だけど、生活している以上、朝から晩までくっついていられるわけないじゃないですか。商売をしていれば同じ店にいられるけれど、それだって、夫がお得意さんに物を持って行ったりするじゃないですか。ましてサラリーマンだったら、ほとんど一日のおおかた外に出ているじゃないですか。自分のそばにいるときだけ「わたしの夫」と思っても、外にいる時間は何をしているかわからないじゃないですか。そこに嫉妬したら、限りなく嫉妬しなきゃいけない。そうすると、やっぱり、苦しいでしょう。

でも、本当に愛したら、自分と一緒にいないときを、いろいろ妄想を描いて嫉妬するんです、人間ってね。だから、愛というのは、同時に苦しみが伴うと思う。

だからといって、苦しいのがいやだから、始めから愛さないとするでしょう。一生、たとえば、八十六まで生きていて、誰にも愛されず、誰も愛した思い出がなく死んでいって、何が幸せですか。傷ついても誰かを本気で愛して、激しく愛して、それで激しく傷ついたほうが、わたしは、人生は意義があると思います。そういうふうに勧めているの。尼さんの言うことじゃないかもしれない。

——何か、今日、この時間でものすごくエネルギーをいただいた気がいたします。これから年が明けて、「来年はこんなことをやりたいわ」と寂聴さんが思われていることがもしあれば、最後に伺いたいのですが。

瀬戸内 とにかくこれ、「the 寂聴」をやらなきゃならないの。せめて三号は続けなきゃ、みっともないでしょう。それだけで、もう、胸がいっぱいですよ。だから、新しいことなんてする暇がないですね。

もう、疲れましたからね、今年は。あまりによく働いてしまいましたから、もうちょっと休ませて、という気がしますね。人嫌いになって人に会いたくないって感じですよ。

——いま、出会いの大切さのお話を伺いましたのに。では、年が明けたら、今年ほどのペースではなく、少しペースを落としながら、まずは、「the 寂聴」を成功させようと。でも、ワクワクも続けながら。

瀬戸内 これは相当ワクワクしなきゃできませんよ。

——ちょっとペースをコントロールしながら、ワクワクもして、この「the 寂聴」を。

瀬戸内　コントロールじゃなくて、ワクワクしなきゃできないと思いますね、本当に。両方はできない。どっちかやめて、一つに絞る。そうすると、おそらく、しばらくしたらいやになりますよ、もう飽きが来て。そのときに、「すみません」と言ってやめて、またもとに返る、また次のことを何か発見するとか。

——もちろん、この「the 寂聴」がまずありきですが、その次にも、またさらにその次にも、というのを楽しみに待っていますので。

瀬戸内　どうでしょうね。もう、片足棺桶（かんおけ）に。

——何をおっしゃっているんですか。

瀬戸内　本当の話はね、もう早くあちらに行きたいという感じですよ。だって、向こうに行ったら、懐かしい人、恋しい人と一緒に遊びたい。みんなもう、あちらに行っているの、これだけ生きると。向こうでも待っているんじゃないですか。だから、行ったら、「ああ、遅かったね」なんて言って、その晩は歓迎パーティーですよ。

——でも、こっちにも待っている人がいっぱいいますから、まだ行かないでください。

瀬戸内　そうかな（笑）。

第三章 「書くこと」は自分を発見すること（瀬戸内寂聴 87歳）

（ラジオ深夜便 こころの時代「悔いなく生きる」二〇一〇年三月二十九日）

つくっている者が楽しければ、読んでくださる人も楽しい

――ラジオ深夜便では、寂聴さんにこれまでもたびたびお話ししていただいていますけれど、前回が一昨年（二〇〇八年）の十二月になるのですね。

瀬戸内　もう、つい、この間のような気がしますけどね。

――あのときは、「源氏物語千年紀」のキャンペーン中ということで、いろいろ全国をお回りになっていて。

瀬戸内　年の数だけ回ったらしいですよ。あのときは八十六歳だったんですね。だから八十六回ぐらい回っている。

――すごいですね。ちょうどその頃、「the寂聴」という雑誌が創刊されるちょっと前で。

瀬戸内　そうです。突然、そういう話になりまして、あっという間に決まっちゃったんです。最初は「寂聴」という雑誌をつくろうというので、「そんな、わたしなんか、あらゆるところでストリップしているんだから、誰も興味ない。そんなもの売れない」と言ったんですけど、聞かないんですね、「やりましょう」と言うんで。わたし、「雑誌だったらtheを付ければ?」と言っちゃったんです。それで「the」が付いたわけで、編集会議にわたしが参画したということになっちゃったの。編集人の一人にされちゃったんです。

仕方がないですね。でも、本当の編集者が、新井さんという方がいらっしゃるんですけど、その人が編集の天才なんです。それをわたしは、噂を聞いて知っていましたから、大丈夫かなと思ったけど、お金を出すのは出版社ですから。出版社の社長には、「これは売れないから、やめておいたほうがいいですよ」なんて一所懸命言ったんですけれど、「いや、大丈夫」と言って、もう断じて下がらないんです。それでわたしは責任を感じて、何とか頑張ろうと思ったんです。

でも、楽しいでしょう、この雑誌。この不景気で、あらゆる雑誌が潰(つぶ)れているときなんです。だから、わたしは三号で終わると思っていた。約束は第一期六号までだったんです。

——それは一年間ということで。

瀬戸内 ええ。それが六号で終わらなくて、九号ぐらいまで用意できているんです。

——そうですね。わたしの手元にあるのは、いま発売中の第八号です。これは隔月で発売されるんですね。

瀬戸内 あっという間ですよ、隔月だと。

——そうですよね。とてもずっしりとした、重みのある雑誌で。

瀬戸内 それで、どのページを開けても、みんな、おもしろいんです。わたし自身が、こんなおもしろい雑誌はないと思ってきて、だんだん熱心になって。それに楽しいです、この雑誌をつくっていることが。

――それは素晴らしいですね。

瀬戸内　はい。だから、つくっている者が楽しんでやるものは、読んでくださる人も楽しいんじゃないかと思って。

――たしかにおっしゃるとおりですね。対談で寂聴さんが登場するのはもちろんですけれど、編集というお立場ではどのようなことをなさるのですか。

瀬戸内　「こんなことはどう?」とか、思いついたことは言います。「そんなことは駄目じゃない?」とか。でも、「駄目じゃない?」と言っても、一つも聞いてくれたことないです（笑）。ただ、「こんなのどう?」というのは、聞いてくれたりもします。

――全編を通して寂聴さんらしさといいますか、一本筋が通っているという感じがしますものね。

瀬戸内　そう言ってくだされば、とてもうれしいです。対談には、お願いしたら、とても忙しい方も、とてもお偉い方も、みんな喜んで出てくださるんです。それがありがたいですね。だから、この対談集が出たら売れるんじゃないかと思うんだけど。

雑誌ですから、どのページを開けても楽しくないと仕方ないでしょう。だから、そういうところは手を抜いていないつもりなんです。どのページを開けても、「ああ、読んだ」と満足する感じにしてもらいたいと思って。

――隔月と言いましても、出すたびに中身は一応目を通さなければならないし。

瀬戸内　小説を書かなければいけませんからね。それが大変なんです。毎回毎回、新しい小説を書いているんです。それから、対談があるでしょう。藤原新也さんとの往復書簡というのもある。それも大変なんです。相手がお偉いですからね、いい加減なことは書けないの。

――藤原さんも寂聴さんにお返事を出すのに、ちょっと大変と思っているんじゃないですか。

瀬戸内　お互いに楽しんでいます、わりあい。

――やはり、書かれている方も、つくっていらっしゃる方も楽しんでいるというところが、読者に直接伝わってきますね。

瀬戸内　そうだとうれしいですけれども。

――中身のタイミングもとても新鮮というか、おもしろい。八号でも、水木しげるさんとの対談が出ていましてね。

瀬戸内　水木さんはおもしろい方ですからね。わたしと同い年なんですよ。

——八十七歳。

瀬戸内　そう。本当におもしろい方でしてね。今度（二〇一〇年度前期）、奥様が書いたお二人のお話がＮＨＫでドラマになりますね。

——「ゲゲゲの女房」という連続テレビ小説。

瀬戸内　それをお書きになった奥様が素晴らしい方なんです。奥様の前にいては、水木さんは、甘えて子どもみたいですよ。今度の対談のときにも、ずいぶん助けていただいて。

——源氏物語千年紀と、この「the 寂聴」の創刊とが重なって、とてもお忙しいですよね。いったいどうやって時間を過ごしていらっしゃるのかと思うぐらいに。

瀬戸内　自分でもわかりません。よく生きていると思いますよ。

——そろそろ一段落という感じなんですか。

瀬戸内　源氏のほうは、もうやれやれと思ったんですけど。でもそのあと、源氏物語千年紀を記念して、「古典の日」というのをつくったんです。十一月一日。ずっとそのための仕事が続いている。でも、それはいいことだと思います。

——そうですね。この千年紀では、ずいぶん、若い方たちが『源氏物語』に関心を持つようになって。それをきっかけに、古典を読みましょうという、そういう動きになっているわけですね。

瀬戸内　京都で「古典の日」をつくったということは、これはいいことだと思います。言い出しは裏千家(うらせんけ)さんだったんですけど、わたしも大賛成でした。

いい顔になって帰ってもらいたい

——そういうお忙しい中で、さらに、法話を説かれる場所が一つ増えました。去年(二〇〇九年)の十一月ですか。

瀬戸内　満八十七歳ですが、数えだと八十九ですよ。そんな年になって、生活を引き締めなければならないときに広げてしまったんです。だから、どうしようかと思っているんですけどね。衝動なんです、だから止まらないんですよ。

——衝動ですか。

瀬戸内　土地があったから、パッと欲しくなったんです。「あと、どうする?」なんていうのはあとで考える。それでいま、困っているんです。

——それが徳島県鳴門(なると)市の「ナルト・サンガ」ですね。ここは寂聴さんのふるさとということで。

瀬戸内　わたしは、徳島市だと思っていたんです。徳島市と鳴門市の境なんです。歩いて二、三分で徳島市という、それをよく見なくて知らなかったんです。行ってみて、「鳴門市だ」と言われたんでびっくりしたんですけどね。でもまあ、徳島県はわたしのふるさとですから、いいかなと思っているんです。わりあい、だんだん気に入ってきました。

——説法の場が全国に広がっていって、これで三か所ですか。

瀬戸内　そうですね。どうするんでしょうね。

——岩手県の天台寺がありますね。

瀬戸内　それはもう、住職は退いたんですけども、やっぱり、年に最低四回は行かないと潰れるっていうんです。檀家(だんか)がそう言って頼んでくるから行っています。

——でも、普段はほとんど人の訪れないようなところが、寂聴さんの法話が聞けるというので、境内がもう超満員になってしまうと聞いています。

瀬戸内　一番多いときが、一万五千人です。

——そんなに入ったんですか。

瀬戸内　山ですからね、外で青空説法ですから。雨が降ったら大変なんですけど、それが降らないんです、なぜか。

――晴れ女ですね。

瀬戸内　「えい！」と言ったら、雨が上がるんです。

――そして、京都の嵯峨野（寂庵）でやっていますね。法話をするとき、事前にお話しになる内容を準備して行かれるわけですか。

瀬戸内　いいえ、だって、赤ん坊から九十過ぎの人まで来ていますからね。ですから、みんなを満足させるには、決まったことは言えないです。皆さんの顔を見て、反応を見て、その場で変えていかなければならない。

とにかく、法話に参加してくださる方が、帰りにいい顔になって帰ってもらいたい。それだけです。つらい思いや、悩みを持っている人が、暗い顔をして、たくさんいらっしゃるでしょう。だけど、帰るときには、みんなニコニコしている。それだけで、やっていこうかなと思っているんです。

――昔ですと、何か悩みごとのある人たちが、お坊さんにありがたいお話を授けていただいて、救われようとか、そういうお気持ちでいらっしゃるんですけれど、寂聴さんの法話には、皆さん、どういうお気持ちでいらっしゃるのでしょうか。
瀬戸内　笑いたくて来るんじゃないですか。みんな、ゲラゲラ笑って。だって、笑わなければ元気が出ませんものね。だから、いいんじゃないですか、お金をかけないで笑わせてもらえば。

法話は坊主の義務

――しかし、それに対応する寂聴さんの体力とか、お気持ちとか、気力とかも大変ですね。

瀬戸内　わたしは、本当は、法話とか講演は好きじゃないんです。みんな、好きでやっていると思っているかもしれませんけど、好きじゃないんです。これは義務です。仕方がない、出家してしまったからね。うかつにしてしまったんです。こんなひどい目に遭うと思わなかったですけど（笑）。

　自分のために、自分が、心が安らかになるように出家したんです。ところが、出家すると、出家者としての義務があります。それを、やっぱり、しなければいけませんわね。だから、出家しても続かない人が多いんですよ。途中でやめる方はたくさんいますから。出家させていただいて、続けさせていただいているということが、これはもうありがたいことなんです。そうすると、御恩報じをしなければいけないでしょう。これは坊主の義務ですからね。
わたしは、急に五十一歳で出家しましたから、お経は下手だし、声明なんて音痴でとても下手だし、何もできないんです。ただ、お話しすることは、今まで講演なんかしていますから、わたしにもできるかなと思って。それで、お釈迦さまの真似をして青空説法するということにしたんです。ですから、皆さん来てくださって、ありがたいと思っています。

――何か、とても真面目なお坊さんという世界を歩まれているようですね。

瀬戸内　わりあいね、見かけよりも。でも、出家したということは、もう本当に摩訶不思議なことで、皆さんに理由なんか聞かれるんですけども、うまく言えないんです。ただ、なんか、襟首をつかまれて引っ張られたような感じで出家したんです。ですから、これはもう、仏さまに呼び寄せられたという感じですね。だから、それにお応えしなければ悪いと思って。それだけのことなんです。

――そうしますと、出家されたのも、思いもしなかった転身で。

瀬戸内　思いもしなかった。よくね、「なぜ、出家したか」と聞かれるんです。もう、本当にどれくらい聞かれたかわかりません。

――皆さん、それが一番聞きたいところなんですけれど。

瀬戸内　じゃあどうしてかというと、自分自身で、本当にわからないんです。これは気取って言っているわけじゃなく、本当にわからないんです。なんで出家までしてしまったのかなと思って、わたし自身がわからないんですね。

結局、これはね、「したい」と言ってもできるもんじゃない。そのあと、たくさんの人が出家しているのを見ていますけれど、ほとんど続かないですね。ですから、わたしが続けさせていただいているということは、これは、やっぱり、わたしは選ばれて、呼ばれたんだというふうにしか思えないんです。だから、それじゃあ、何かしなきゃいけないと。

もう一つは、あんまり聞かれるんで面倒になりまして。身の上相談がいっぱい来るでしょう。その方たち、特に女の人は、五十前、四十八、九歳が一番、悩みが多いんです。考えてみたら、わたしもその頃から出家しようと思ったんです。それでふと思いついて、「たぶん、あれは更年期のヒステリーじゃない？」と言ったんです。そうしたら、相手が、「あ、なるほど」とうなずいてくれたの。それで、それからそう言うことにしているんです。

自分では気がつかないけれども、それもあったかもしれない。何か一つのことをずっと考えて、それを深く深く考えてしまうなんてことは、普通のときはないと思いますよね。だから、それもあったかもしれないと。そうしたら、とてもいい更年期の抜け方をしたと思います、わたしは。

——そうですか。しかし、僧侶であるということを「義務」としてお考えになっているとおっしゃいましたが、義務ということになると、普通の人ですと、ストレスという形で「もうやめようか」と思うことがあると思いますが。

瀬戸内　いや、もう、それは義務だから仕方がない。坊さんをやめれば、もう何をしたっていいですけど、この姿で出家者を続けている以上は、やはり、戒律なんか、難しくて本当に守れませんから。だから、一つぐらい、何か義務を果たさなければもったいないと思って、それだけのことなんですよ。

快楽は、ものを書くこと

——そうなのですか。こんなことを伺ってはいけないのかもしれませんけれど。

瀬戸内　何でもどうぞ。

――それでも続けていらっしゃる、義務を遂行するということが、やりがいとか、生きがいとか、そういうところにつながっているのでしょうか。

瀬戸内　義務はうれしくないですよ。わたしにとっての快楽は、やはり、ものを書くことです。これは好きですから。でも、この好きなことをやらせてくださっているということは、やはりこれは仏さまのおかげだと、このごろ、思っているんです。

もっと早く頭が働かなくなっても仕方がないわけでしょう。わたしはペンで書きますから、右手が動かなくなっても仕方がないわけでしょう。それが、まだ書ける。そして、こういう仕事をさせてくれるじゃないですか。仕事が絶えたことがないんです。果たしきれないぐらいの仕事があるということ、これはやっぱり、自分の力じゃないと思います。守られていると思います。

――そうしますと、なんといっても「書く」というお仕事のほうに集中していて、そのために義務も果さなければいけないと。

瀬戸内　書くのは快楽です、わたしにとってね。苦しいんだけど、一つ書けたときは、本当にうれしいですよ。

でも、義務は、そんな感じはないですよね。「皆さん、喜んで帰ってくれた、今日も無事に済んだ、ありがとう」という気持ちはありますけれど、そんな、うれしいとは思いませんもの。だから、義務はやっぱり、苦痛なことがありますよ、しんどくても行かなければならない。

書くのは、どんなに苦しくても、これは自分の快楽ですから。

——得度されたということが、書くことにプラスにはなっていますか。

瀬戸内　得度するまで、なぜ悩んだかというと、長いこと書いていたらコツを覚えますよね、書くコツね。こう書いたら人が喜ぶとか、こう書いたらほめられるとか、わかりますよ。それで、コツだけでいくら書いたってしょうがないでしょう。

ちょうど四十八、九歳の頃、わたしは、いやな言葉ですけれども、いわゆる流行作家だったわけですよ。それで、本当に忙しかったんです。仕事がいくらでもあった。でも、同じようにそんなものを書いても、わたし自身にちゃんとしたバックボーンがなければ、それはもう飽きられると思いました。

やっぱり、自分が小説を書こうと思ったときに理想とするものがあるでしょう。外国の小説にも、日本の小説でも立派なものがあるじゃないですか。それなのに、自分の書くものは、うんと下のほうの段階なんですね。それはわかっていましたから。少しでも、ちょっとでもましなものを書きたいと思って、そのためには、自分を根本から鍛え直さなきゃ駄目だと思ったんです。

それで、何でもいいから、自分以外の何か大きなものに頼ってみたいと思ったの。だから、カトリックでも何でもよかったんです。たまたま、仏教が拾い上げてくれたから。

——それが一番のきっかけなんでしょうね。

瀬戸内　そうだと思います。

人間は死ぬまで可能性がある

——それにしても、いま、八十七歳とおっしゃいましたが、年齢のことを言われるのはあまりお好きじゃないでしょう。

瀬戸内　いえいえ、別に。もうこの年になりますとね、自分から言うんです。講演に行って、法話なんかのときも、「わたしは数えで八十九です」とか、いまの人は満を使いますけれど、それだと「そろそろ米寿だ」とか、そういうことを言うんです。そうするとみんな、「ワーッ」と盛り上がって、「まあ、お若い」とか「まあ、元気」とか言うじゃないですか。それでちょっといい気持ちに。

――そうなんですか。でも、そのぐらいの年になりますと、ご自分で、数字から来る年齢で、八十七歳ならこんな程度か、このぐらいのことじゃないかなというふうに決めてしまう考え方がありますよね。

瀬戸内　いいえ、そんなことないです。やっぱり、死ぬまで人間は、自分の中の可能性を引き出す力があると思います。生まれたときにいろんな可能性をいただいているんですよ、先祖からも、仏さまからも、神さまからも。それはみんな、同じ分量をいただいていると思うんです。それを、生きている間に、どれだけ外に出すことができるか、引き出すことができるかということで人生が変わってくると思うんです。死ぬまで可能性はあります。

――そういうものですか。

瀬戸内　ええ。だから、わたしは、死ぬまで、何かやっぱり、仕事をしたいと思いますね。ただ、八十六歳までは本当に元気だったんです。どこも痛くなかったんです。『源氏物語』で走り回ったあとですね、八十七歳になりまして、「あら、膝が痛い」とか、故障が出てきました。やっぱり、肉体は衰えますよ。それでも、お医者さんに行ったら、「膝が痛いのは当たり前ですよ。あなた、十五年遅かった」なんて言われて。そうすると、すぐいい気になる。

――肉体的な衰えを感じると、みんな、自覚すると思うんです。膝が痛くなったとか、ちょっと耳が遠くなったとか、見にくくなったとか。

瀬戸内　耳はもうとっくに遠くなりました。目も、加齢黄斑変性症（かれいおうはんへんせいしょう）というので、手術したけれど治らない。いま、片目なんです。ところが、この片目の視力が一・二、この間調べたら一・五になっていた。

――すごい視力ですね。片目だとおっしゃりながら、もう片方の目で、実は一・五でものを見ていらっしゃる。

瀬戸内　お医者さん、笑っていましたけどね。「どうしたんだろう」なんて言っていました。そういうとき、「あ、仏さまだな」と思うんです、チラッと。助けてくれたと。

――そういうことにもめげていないという感じがしますね。

瀬戸内　ちょっと不便ですけどね。でも、年を考えたら当たり前でしょう。だから、同い年の方を見たら、水木（しげる）さんは同い年でしょう、わたしのほうが元気ですよ。そう思いましたもの。

――それから、お耳のほうも、補聴器をお使いになったとか。

瀬戸内　今日も補聴器を一つ入れている。こっちは何かピーピー言うもんですから取っていて、いま、片耳で聞いているんですけど、わたしはちっとも不自由じゃないんですよ、聞こえなくたって。でも、まわりがね、不自由らしいんです。「あなたが不自由じゃなくても、まわりが困るから補聴器を入れてくれ」と言われるんです。それで、仕方がないから入れているんです。

——補聴器の具合はどうですか。

瀬戸内　一番高いものを買わされて、それはまったく駄目でしたね。ピーピー言いますし、うまくいかない。いま、入れているのは、その半分ぐらいの値段ですけど、これはちょっと具合がいいですね。一番いいのを入れますと、自分がご飯を食べるとき、口の中の音が全部響くんです。だから、人とお食事をするときに、会話がしたくって耳に入れたいじゃないですか。ところがワーワーして、もうとても駄目。いろいろありますね。

——そうですか。いまのは具合がいいと。

瀬戸内　まあまあ、いいんですけど。でも、ちょっとこの間直しにいったらうまく直らなくて。こっちの耳に入れたのがピーピー言うもんですから、いま取って、片耳なんですけど。まあ、通じますわね。

——そうですね。わたしとのお話も完璧（かんぺき）ですし。素晴らしいですね。そういうもので何か補正しているということを感じさせない。

瀬戸内　足も、杖をついていたんです。ちょっと素敵な杖をついていたんですけど、それはまったくいらなくなった。

書くことが活力を引き出す

――本当に八十七歳というお年から見ますと、まわりの方が「まあ、嘘でしょう」というぐらいの感じですね、お元気で。

瀬戸内　そうですね。同い年の方を見ると、「ああ、わたしのほうが若いな」と思います。

――活力というのでしょうか、お気持ちが若いというか、年齢を自分で意識されていない感じがするんです。

瀬戸内　そうですね。それから、ものを書いているということが、これがやっぱり、助けになっていると思います。だって、どんな短いものでも、書いたあとうれしいですもの。それで、「小説なんかもう書けないかな」と思ったら、思いがけず、色っぽいものが書けたりすると、「あ、まだ、いける」と思います。

――小説もまた新たに書き始めていらっしゃるそうで。

瀬戸内　はい、連載も始まっていますし、それから、「the 寂聴」にも毎号書かなければいけないんです、短編三十枚。

それで、ずいぶん活力が出ました。はじめはもう、「書けるかな」と思っていたんですけれど、ページが空いていますから、仕方がないですよね。しかも、挿絵がピカソなんです。だから、もうこれは書かねばなるまいと思って。

——そうですか。書くのが本当にお好きでいらっしゃる。

瀬戸内　好きなんですね。

——書くのがあまり得意じゃないという方にとっても、日記を付けるとか、手紙を書くとか、「書く」ということはお勧めできることなんでしょうか。

瀬戸内　わたしは、人さまを集めて塾を何度もやっております。寂聴塾とか嵯峨野塾では、「まず、書け」と言うんです。自分を知るためには、書けば一番いいでしょう。たとえば、夫婦喧嘩をした人とか、姑と仲が悪いという人に、「悪口を書け」と言うんです。そうしたら、みんな、晴々した顔になります。書くということは、自分を見つめることですから。

だから、書いていたら、自分はなんてバカなことにこだわっているかとか、自分もおかしいんじゃないかとか、気がつきますよ。相手の悪口を書きながら、自分がやっぱりわかってくる。だから、書くということは、自分を発見することじゃないかと思いますね。

――なるほど。それを続けていれば、書くこと自体が楽しみになってくる。

瀬戸内　そう、そう。

――しかし、どのお話を伺っていても、寂聴さんの驚くべき活力というのでしょうか、やる気というのでしょうか、それはどこから湧いてくるのでしょうか。

瀬戸内　ただ、いやなことをしないことですね。皆さん、ノイローゼになっていらっしゃるでしょう。それは、いやなことをしている方です。いやな人と付き合っているとか。いやな人とは、もう付き合うのをやめればいいんです。いやなことはしないほうがいいんです。そうすれば、楽しいと思います。

わたしね、この「the寂聴」が続いているのは、本当に楽しいんです、これをつくっていることが。だから、こんなに楽しませてもらってもったいないと思って。

――ただ、寂聴さんにとっていやなことに、先ほどもちょっとお話ししていただいた「義務」というものがありますよね。

瀬戸内　それは義務と自分に申しつけていますからね。これは、いやというんじゃないんですけど、楽しくないということです。相手は楽しいかもしれないけれど、わたしは楽しくないです、しんどいですね。だけどこれは、やっぱり、仏さまに対する義務だから、やりましょうと。義務はしなきゃいけませんね、生きている間にね。

――それが、自分にとって少し大きすぎる義務だったりしたら、考え直したほうがいいのかもしれませんね。

瀬戸内 でも、自分にとって大きすぎる義務というふうに感じる人は少ないんじゃないでしょうか。だいたい、いやだと思うんじゃないでしょうか。大きいとか、小さいとか感じるのは、それはちゃんと理性があるわけでしょう。いやというのは、もう感情ですからね。

自分が幸せにならないと、人を幸せにできない

――寂聴さんの場合は、やりたいことをやってきたと。

瀬戸内 そう、そう。もう本当に好きなことを、やりたいことをやってきました。だから、いろんな人を傷つけているんです。そのお詫(わ)びで頭を剃ったんだから。それも義務だと思います。

――剃髪も大変お美しくいらっしゃって、光り輝いていますけれど。

瀬戸内　いや、いや、これは今朝、剃ってきたからです。ちょっと伸びると、うっとうしくなりますね。

――男性の髭(ひげ)みたいなものですね。

瀬戸内　頭を剃ると、「ああ、さっぱりした」という感じになります。仕事をしているとき、徹夜で仕事をしているときなんか、二日ぐらい剃らないことがあります。そうすると、「ああ、もう、みっともない」と思います、見苦しいと思いますね。

――剃髪というのも義務の一つに入るのでしょうか。

瀬戸内　ただね、髪は、剃っても、剃っても、生えてくるんです。これは、煩悩(ぼんのう)と同じですよ。だから、煩悩は刈っても、刈っても、生えてくるんです。

――生きている証拠ですからね。

瀬戸内　そう、そう、生きている証拠です。

――お話を伺っていますと、本当にやりたいことをやれるというのもいいなと、うらやましいなと、他人事(ひとごと)のように思ってしまうのですが、それができているというのはどうしてなのでしょうね。

瀬戸内　それは、できているんじゃなくて、やるんですよ。

いやなことを「いやだ」と言うのはとても勇気がいります。そういうふうにできたのは、出家してからですね。やっぱり、なかなか言いにくいことですよ、「そんな仕事したくない」とか、そういうことはなかなか言えないですよね。でも、それはもう、ちゃんと言えるようになりました。

――俗界にいる人間にはできないことになってしまいますね。

瀬戸内　でも、やっぱり、自分の意志を持てば。

――言ってみれば、自分勝手というのでしょうか、わがままというのでしょうか、いま、「ジコチュー」という言葉が流行っていますが。

瀬戸内　自分自身が幸せにならないと、人を幸せにすることはできません。だから、やっぱり、自分がまず幸せになって、それで、その幸せになった人は、そばに行っただけで、何か幸せなものが来るじゃないですか、雰囲気がね。それでいいんじゃないですか。まず自分が幸せになって、その余波で人さまも幸せにすれば、それでいいんじゃないかな。自分が不幸せで、人を幸せになんて、そんなことできませんよ。

――自分の不幸せな状況というのを、自分で反省できるような余裕があればいいですけれど、往々（おうおう）にして人のせいにするということがありますが。

瀬戸内　そうですね。人のせいというと、結局、こっちが嫌いだと、相手も嫌いですよ。

――それは言えますね。鏡のようなもので。

瀬戸内　鏡のようなもんですよ。だから、こっちが好きだと、相手も好いてくれますよ。だいたい、そういうもんじゃないでしょうかね。

それと、何か相手のためにするでしょう。必ず、われわれ凡夫は、お返し、見返りを期待しているんです。だから、見返りを期待しないで何かをすれば、いつも朗らかでいられます。

――ボランティアに近いような心情というのでしょうか。

瀬戸内　このごろは、ボランティアでも、ボランティアをしたら点数をあげますなんてなっているでしょう。あんなのは間違っています。ボランティアといったら、あげっぱなしのことですから。あげっぱなしにすればいいんです。

わたしは天台宗ですけれども、天台宗の開祖の最澄さんのお言葉、「忘己利他」という言葉があります。「忘己利他」をできるだけ心がければ、世の中はうまくいきます。

――世の中はうまくいくけれど、自分はうまくいくのかなと、皆さんは悩んでいらっしゃる……。

瀬戸内　だって、何かあげたら何か利息が付いて返ってくるかなと期待するから、そこが賤しいんですよね。あげたらあげっぱなしがいい。うちになっている柿の実をあげたら、向こうからメロンが来るかなと思うのね。そこを期待するのが賤しいんです。あげっぱなしがいい。

ペンを持ったまま死ねれば一番いい

――年齢を重ねてきますと、最後には自分もこの世の中からいなくなる。そのときに、「自分はこんなことをやってきたんだ」というものを残したいという気持ちが働きますよね。たとえば、自分の子孫のために何か財を残してやりたいとか。

瀬戸内　わたしが、いま考えていることは、「いかに死ぬか」ということですね。つい、一昨日も、あるお葬式に行って、その帰り道、もう自分の葬式のときはもっと短くしようとか、そんなことばかり考えているんですけどね。

死後に何か残すということは、残したら、結局、それをもらった人は堕落します。だから、残さないほうがいいんじゃないかしらと、このごろ、思ってきました。どうやって使い果たして死ぬかということをね。

——でも、難しいですね。というのは、使い切るのはいいんですけれども、いつ、身罷れるかというのはわかりませんから。

瀬戸内　でも、わたしはさすがに、もういつ死ぬかわからないなと考えていますよ。だって、今夜死んでも不思議じゃない年齢ですからね。だから、このごろはよく考えています。

——何かそういう、ものを残さないというような心境で。

瀬戸内　残したら恥ずかしいなという気がします。でも、今夜死んだら、残りますわね。

——それと、数々のお書きになった小説なり、書き物がいろいろ残ってきますね。

瀬戸内　でもね、そんなのはすぐになくなりますよ。本の形も、紙の本なんてすぐになくなる。あと、五、六年もしたらもう電子の本でしょう。電子ブックになりますよね。残そうなんて思っても、そんなものは。

——やはり、電子ブックの時代になるとお考えですか。

瀬戸内　もう、前から思っています。

——そういえば、寂聴さんのお書きになったものをインターネットで読むというのもありますね。ずいぶん時代の先を歩いていらっしゃるというところもおありですね。

瀬戸内　先が見えるんです。

――そうですか。しかし、これからもまだまだ、やりたいということもたくさん残していらっしゃる。

瀬戸内　命ある限りね。ペンを持ったまま死ねれば一番いいですけど、それはわからないですもんね、どこで、どんな死に方をするかはね。

第四章　坊主よりも、わたしは小説家

［対談　伊藤比呂美］

（瀬戸内寂聴　96歳）

（ラジオ深夜便　新春対談「生きることは愛すること」二〇一九年一月一日、二日）

走り回っていた平成の三十年

――今日は、京都の嵯峨野にある寂庵から、瀬戸内寂聴さんと、詩人の伊藤比呂美さんのお話を伺います。よろしくお願いします。この番組は元日（二〇一九年一月一日）の夜の放送です。寂聴さんはいつも、年越し、そして、新年は、どんなふうにお迎えになるのですか。

瀬戸内　だいたい一人ですからね、何もしない。何もしないけれど、嵯峨野はまわりがお寺ばっかりでしょう。うちには鐘（かね）も何もないですけど、じっと庭にいたら方々のお寺の鐘が聞こえてくるの。それで、鐘のるつぼにいるような気がしてね、とてもいいんですよ。

――それは素晴らしいですね。

瀬戸内　最初来たとき、びっくりしたの。だいたいね、引っ越しというのは、わたしは暮れにすることに決めているんですよ。

――なぜ、暮れですか。

瀬戸内　なんというのか、新しくなるじゃない。

――新年を新しく迎えるという感じで。

瀬戸内　ええ、だから、だいたい引っ越しは暮れにする。

伊藤　除夜の鐘というのは、みんながいっせいに、同じときに始めるのですか。それとも、少しずつ？

瀬戸内　それぞれ違いますね。いっせいに鳴るのが本当だと思うんだけど、やっぱり違うわね。

伊藤　また、そこがいいでしょうね。

瀬戸内　こっちから聞こえたり、あっちから聞こえたりする。なかなかいいですよ。

――嵯峨野ならではの年越しだと思いますけれども、比呂美さんは、年末年始はどんなふうにお過ごしですか。

伊藤　わたしは、年末年始はほとんどアメリカにいたから、適当ですよ。アメリカの年越しは、みんなで起きているんですね。十二時になったというと、シャンパン飲んで、キスするんです。みんなチュッチュッチュとキスし合って、ハグして、「じゃあね」と言って帰るの。それだけ。次の日は休みなんですけど、二日目から、仕事や学校も始まるから、休んでいられませんよね。

　ただ、わたしの場合、わたしがアメリカで父がずっと日本にいたから。そういうときは、たいてい子どもを日本によこしていたんです。ヘルパーさんたちがお休みになるから。父に電話をして、「おめでとう」と言うのがわりと何年も、という感じでしたね。父に「俺、いつ死ぬかわかんない」みたいなことを言われて、「正月早々、そんなこと言うんじゃないわ、あんた」と思いながらそれを聞く、みたいな。

——親子でお話しするとか、家族が集まるとか、そういうきっかけには、お正月はなりますよね。

瀬戸内　うちは正月の七日に、修正会（しゅしょうえ）という、初めての会をするんです。「お参りにいらっしゃい」と。だから、「七日から。それまでは来てもいないよ」と言っているんだけど。

伊藤　その間、先生、お雑煮（ぞうに）とか、おせちとか、召し上がりますか。

瀬戸内　それはみんなしますす。今年、門松（かどまつ）を立てようかなと思っているの。だって、もう、来年いないかもしれないから。

伊藤　またまた。でも、いつもは立てないんですか。

瀬戸内　いつも立てないけど、一昨年から立てたかな。なかなかいいものです。

伊藤　おせちの中では、先生、何がお好き？

瀬戸内　ときどき行く近所の料理屋が、「おせちどうですか」とみんな言ってくるから、注文しないと機嫌が悪いでしょう。だから、いっぱい。いつでも来ていいよ。

伊藤　行きますよ。わたしは伊達巻きが好き。

――いよいよ平成が最後になりますけれども、平成のこの三十年を振り返って、寂聴さんはどんなことが一番思い出にありますか。

伊藤　先生、いま、九十六歳でしたっけ？

瀬戸内　いま、九十六。

――年が明けると、数えで九十八ですね。

瀬戸内　そうですね。アハハ。

伊藤　六十八のときから九十八までが、先生にとっての平成だったわけですね。

瀬戸内　はああ。九十八。うわあ。

伊藤　先生、平成になってから三十年、どんな感じでした？　だって、出家なさったのが五十一歳でしょう。ということは、もうすでに出家なさって十何年間経ってから平成になったわけですよね。一番アクティブな。

瀬戸内　平成とかなんとかって、考えたことない。

伊藤　わたしは、平成になったのはポーランドにいた頃なんですね。平成という名前になって、どう思いました？　あのとき。

瀬戸内　「ああ、そう」と思った。

伊藤　あのときわたしは、ものすごく、「へー、せー」という感じで、そういうふうに生きなくちゃいけないのかという感じの年号でしたね。

——でも、実際には、災害もありました。寂聴さんもずいぶんあちらこちらに、被災地にもいらっしゃいましたよね。

伊藤　そうですよね、走り回っていた三十年。

瀬戸内　ホントね、本当に走り回っていたわね。東北へ行ったりして、よく行ったわね。

なんで、書くことが楽しいの？

伊藤　その三十年間、おやりになったお仕事もものすごいです。

瀬戸内　わたしね、正月から、「新潮」と「群像」とで連載よ。

伊藤　それって月一回ですか？

瀬戸内　そう、そう。

——もう新年号（二〇一九年一月号）は店頭に並んでいますので、お手に取った方も多いかと思いますが、『命日』(「群像」)と『あこがれ』(「新潮」)ですよね。

伊藤　文芸誌二誌に月イチで連載⁉　人間業じゃないですよ、先生。わたし、先生の朗読をお聞きしたいです。

　生れた家から大人の脚で七分も歩けば、町の中央を流れている富田川の河口に達した。そこは、町で唯一の港になっていて、本土の大阪と、四国の徳島をつなぐ連絡船の発着所だった。

白い、さほど大きくもない連絡船は、朝早く港に着き、夜遅く、大阪へ向って出発する。

その度、小ぢんまりした胴体に似合わない大きなさけび声をあげて、船の発着を知らせる。その声は、ささやかな町の隅から隅まで響き渡る。はじめてそれを、いきなり聞いた旅人は、思わず腰を浮かせ、おびえた顔になる。

取りすました大人が、突然、間の抜けた顔になっておどろくのが、四歳のわたしには面白くてならなかった。(『あこがれ』)

伊藤　すばらしかった……。朗読はよくされますか？

瀬戸内　したことないです。

伊藤　ありませんか。そうですか。もしかして、先生、初朗読？

瀬戸内　そう、そう。もうね、こんな恥ずかしいことしないよ。

伊藤　詩人はそれが商売なんですよ。

——いままでの作品もおありになりながら、まだまだ書く意欲が止まらないのがすごいですね。

伊藤　ちょっとそこを知りたいですよね。

瀬戸内　今夜、死ぬかもわからないからね。その死ぬ、最期まで、ペンをこう持ってね。ペンを持ったまま死にたい。誰かが朝来たら、「あ、死んでいる」って。

伊藤　書いている途中で？　死ねますよ、絶対大丈夫。

瀬戸内　もう死にたいよ。アッハッハ。

伊藤　でも、その根本の欲望の、「最期まで書いていたい」、それってなんですか？

瀬戸内　なんだろうね。やっぱり、もうこの年になって男はいないしね。だからもう書くしかないじゃない。

伊藤　書く欲望って、いろんな欲望と同じに楽しいんですかね？　楽しいですか、書いていらっしゃるとき。

瀬戸内　楽しい、楽しい。書くことが楽しいの。

伊藤　書く、何が楽しいですか？

瀬戸内　要するに、つくることね。書くと言っても、アイウエオと書くわけじゃないからね。だから、小説なり、随筆なり、ちゃんとした文章を書くことが楽しい。あなただってそうでしょう、詩を書くことが楽しいし、一行でも楽しいでしょう。

伊藤　ものすごく楽しいです。やめられないです。でもなんなのだろうと思って。妄語戒（もうごかい）でいましめないといられないくらい。

瀬戸内　それはやっぱり、わたしたち物書きの欲望じゃないですか。

伊藤　なんで、わたしたちはそれを持っていて、持っていない人もいるんでしょうか？

瀬戸内　そう、そう。持っていない人もいるね。

伊藤　なんで、わたしたちが持っているんだろうっていうのがわからないんですよ。

物書きになろうと思ったとき

――連載が始まった『あこがれ』を読むと、小さかったハアちゃんが物書きになると決めたのはあの瞬間だった、と書いていらっしゃいますよね。

伊藤　いくつのときでした?

瀬戸内　四つ。

伊藤　四つ?

瀬戸内　そう、そう、書いたものでは、四つの、ハアちゃんという子ども。

伊藤　本当の寂聴先生の人生でも四つでしたか。

瀬戸内　そう、そう、だって、四つぐらいから、意識があるじゃない。三つのときはね、二階から落っこちたの、覚えていないもの。

伊藤　最初に、「これでやっていこう、書いていこう」と思ったそのきっかけは?

瀬戸内　それはね、小学校二年のときから、綴り方という授業があったの。はじめて書いたらほめてくれたの。「ほめてくれたんだから上手なんだな」と思って。それで、だんだん好きになった。

伊藤　でも、四歳のときは?

瀬戸内　四歳のときは、自分で小説だと思っていないからね。今度書いたものを読むと、そのあたりから物書きになる素養があると、編集者が言うのよ。

伊藤　なるほど。小学校二年生の綴り方で最初にお書きになったのは何でしたか。

瀬戸内　いや、覚えていない。

伊藤　ただ、ほめられたことだけ?

瀬戸内　ただね、小学校三年生のときに、運動会で万国旗(ばんこくき)が飾ってあったんですよ。それを見てね、きれいで、心が明るくなったと書いたの。そのとき、担任の先生がお腹(なか)が大きくて、代わりの先生が来ていたのね。そしたら、その人が、「これはどこから盗(と)ってきた」と言ったの。それでもうびっくりしてね。そんなこと、思いもかけないでしょう。それで、泣いてうちに帰ったんですよ。

そうしたら、お母さんが怒ってね、エプロンしたまんま学校へ走っていって、その先生に、「うちの子は生まれつき綴り方が上手なんです。だから、そんな、人のものを盗るようなことをしないでもいいんです」って。「あなたね、先生の代わりに来ていて、よくも知らないでそんなことを言って、けしからん」と、教員室で怒鳴(どな)ったの。

——いいお母さんですね。

瀬戸内　そのとき、なかなかいいお母さんだなと思って。だから、母親は、わたしが小説家になることを信じていたわね。父親は、そんなものになれないと思っていたらしい。

伊藤　では、先生が、そのあと、小説家になると言っておうちを出られたときに……。

瀬戸内　もし母親がいたら、絶対にわたしは家なんか出られない。

伊藤　え？　そうですか。

瀬戸内　出られない。それはもう、母親はしっかりしている人だから、「何を言うか！」と止めたと思います。

伊藤　でも、お母さんが小説家になると信じていて。

瀬戸内　だけど、小説家になると思っても、子どもを置いて家を出たりするのはね。非常に物固(ものがた)い人だったから。小説家と言っても、母は活字になったものしか知らないから、自然にそういうものができると思っていた。

　わたしの母親は、十二のときに自分のお母さんが死んで、きょうだいが五人かな、その長女だったのね。だから、その面倒をみなければならないから、自分が勉強したいとか、何か習いたいとか、それを全部犠牲(ぎせい)にしたのね。その恨(うら)みがあるから、わたしに、自分がしたかったことをさせたかったから、だから、あの時代に東京の大学への進学とか、そういうことを全部してくれたの。

伊藤　でも、ちゃんと先生が小説家になれるように、運命というのはできてきているんですね。お母さまのことも。

瀬戸内　母親に、そういう気持ちがあったのがなんとなくわかっていたからね。だから、なろうと思ったし。本もよく読んだからね。姉と五つ年が違うんです。五つ年が違うと、すごいでしょう。姉が読む本を全部読んだでしょう。それで、非常におませだったのね。

――比呂美さんは、詩を自分で意識的に書いたのはいつぐらいからだったのですか。

伊藤　それはもう遅いですよ、わたしは。二十歳ぐらい。文学少女だったから、子どものときから書いてはいたんですけど。

瀬戸内　文学少女になったのは、いつ頃から？

伊藤　八歳。わたし肥満児で、ずっとうちにいたんですよ。ただ、やっぱり、意識して書こうと思ったのが二十歳ぐらいかな。それからですね。

瀬戸内　昔で言えば、女学校を出たときぐらいね。

伊藤　そうですね。わたしね、拒食症の摂食障害というのになって。ご存じでしょう、食べられなくなって痩（や）せちゃうんですね。あの状態になっていて苦しかったんです。それをなんとかしなくちゃというのもあったんですけど、書き始めてほめられる。先生もおっしゃっていましたけど、ほめられたんですよね。そして、その気になっちゃって。

瀬戸内　ほめられなきゃ駄目なのね。

伊藤　駄目なんですよ。本当に、そう。ほめられなきゃ駄目なんですね。

瀬戸内　ほめられたらね、「ああ、そうかな」と思うのね。

伊藤　本当にそうなんですよね。だから、先生もそういう形で、ものすごくいいお母さまにほめられて、スタートを切った。

瀬戸内　そう、そう。

「女流無頼派」二人の関係

――お二人の関係は、二〇〇八年に比呂美さんが紫式部文学賞を受賞されたときが最初ですが、寂聴さんは比呂美さんをはじめて見て、どんな印象を持ちましたか。

瀬戸内　やっぱり、「変わった子だ」と思った。

伊藤　ブラジャーでしょう。ブラジャー忘れた事件なんですよ。

瀬戸内　いきなり、「あっ、ブラジャー忘れた！」って、そんなこと言う？　はじめて会って（笑）。それでわたしもひそかにブラジャー外（はず）して会った。悪いと思って。

伊藤　「あ、ブラジャー忘れた！」と思って。本当に忘れてきて。その日、人前でしゃべったりするんですよね。困ったなとは思ったんですけど、そんなに気にならない服だったんです。

瀬戸内　でも、はじめて会ったって感じがしなかったね。

伊藤　全然しませんでした。

――もともと比呂美さんは、寂聴さんをどんなふうにとらえていらっしゃったんですか。

伊藤　それは、すさまじい感じの人なんだろうと思って。お書きになったものを読むと、それはそれはすさまじい。行動もテーマも文体も。ところがお会いして、拍子抜けのするくらい小さな体の方で。楽しくて、親しみやすくて、気を使ってくださる。なのに、オーラがすごいんですよ。もう、先生の声を聞いてるだけで、クラクラとなっちゃって。わたし、考えていなかったのに、先生を見たら、「先生、出家させてください」と。本当にそのときは真剣に、「これは出家してもいいや」と思ったの。

――ブラジャーがないということに気がついて、その次には、もう出家したいと？

伊藤　「出家させてください」と。それで、先生が、「あなたはいいのよ」とおっしゃって。

また二年ぐらいして、紫式部のミュージアム（宇治市源氏物語ミュージアム）でお会いしたときに、またクラクラクラとなって、「先生、出家させてください」と。「あなたはいいのよ」と。

瀬戸内　しばらく言っていたわね。

――それで去年（二〇一八年）、比呂美さんが寂聴さんに人生相談をするという形で、『先生、ちょっと人生相談いいですか？』というご本になりましたけれど、比呂美さん、寂聴先生に人生相談をしてみていかがですか。

伊藤　実は、本になったのは十分の一ぐらいで、ほかに、出したら身の破滅みたいなことをいっぱい言っているんです、わたし。

――あとがきに、とても日本には住んでいられなくなるようなこともいっぱい話しましたと。

伊藤　そう、そう。先生は、「こうしろ」「ああしろ」という答えをくださるわけじゃないんですよね。ただ、何と言うのか、大きな海のある、大きな広い砂浜で、悩みをぶちまけて、液体状の悩みを砂にぶちまけている感じなんですよ。

――それは、スルスルと悩みが吸い込まれていく感じ？

伊藤　吸い込まれるだけじゃなくて、二十四時間経ったら、悩みを、海の波が来て全部向こうに持っていってくれて、もう一回こっちに来てくれて、「いま、わたしはここにいる」という感じなの。それはやっぱり、素晴らしかったですね。何を言っても叱られない。叱られるようなことをいっぱい言ったんですよ。わたし、すごく悪いこと、いっぱいしているから。

瀬戸内　それは、わたしが負けない。アハハ。

伊藤　そう、それを知ってるから、何を言っても叱られないという絶対的な信頼感があって。

――寂聴さんは、比呂美さんから人生相談を受けて、いかがでしたか。

瀬戸内　人生相談って、なんでもやってしまってから相談したってしょうがないじゃない。好きなようにやっていますよ。

伊藤　何かね、先生に向かってぶちまけただけのような気もするんですね。でも、それって、いままで誰にもぶちまけていないから、ある意味、「ああ、よかった」みたいなところはありますよね。

先生って、人間に見えますけどね、人間じゃないみたいな気がする、わたしは。

瀬戸内　お子さんがみんなちゃんと育っているからよかったね。こんなお母さんなのにね。
伊藤　ありがとうございます。ほんとにねえ。
瀬戸内　それからね、やさしいね。とてもやさしい。
――比呂美さんがですね。
瀬戸内　そう。だって、お父さんとお母さんがいくら病気でもね、アメリカからあんなに帰ってきて面倒見ないよ、普通。
伊藤　でも、先生、もし、本当にやさしかったら、はじめからアメリカに行っていませんよ。
瀬戸内　それは、そうはいかない。やっぱり、それは仕方がないじゃない。
伊藤　なんで行くんですかね。
瀬戸内　無頼の徒だもの、あなた。
伊藤　無頼ですか。アハハ。大好き、その言葉。
瀬戸内　それは仕方がない。それでも、無頼だったら無頼で通してね、お母さん、お父さんを捨てていますよね。それを、あんなに帰って、行ったり来たり、行ったり来たり。それに亭主がいるから、亭主は腹が立つよね。怒らない？

伊藤　いや、文句を言っていました。でも、仕方ないですものね。

瀬戸内　やっぱり、彼も年を取っているから。

――比呂美さんのご主人はお父さんと同じ年ぐらいで、三十歳ぐらい上だったんですね。

伊藤　二十八歳上だったんです。

瀬戸内　お父さんと同い年？

伊藤　いや、六歳年下。

――でも、そのぐらいしか違わないんですね。

伊藤　いまの「無頼」という言葉が素晴らしかったですね、先生。無頼派というのが昔いたじゃないですか。太宰治(だざいおさむ)とか、坂口安吾とか。先生もその中に入るでしょう。先生、無頼派なんですよ。

――女流で無頼派。

伊藤　先生一人でしょう。ほかにいましたっけ、女の無頼派。

瀬戸内　女はいないわね。

伊藤　先生だけですよね。無頼派の行く先が、こうやって尼さんとしてというのが、またおもしろいですよね。

出家とは「生きながら死ぬこと」

瀬戸内　尼さんになぜなったかというのは、もう何百回、何千回聞かれるんですけどね、本当はね、自分でもよくわからないの。だけどね、男と別れるのに、尼さんになるしかなかったのよ。

――今東光（こんとうこう）さんにお願いに行ったときに、「急ぐんだね」とおっしゃったと。

瀬戸内　そう、そう。「急ぐんだね」と。その点、やっぱり、とても文学的な方よ。師匠に今さんを選んだということで「損をする」と言った人がいるんです、ある作家がね。でも、そんなことなかった。

スケベなことばかり言うんですよ、今先生がね。だけど、わたしには、一度もそんなことおっしゃらなかった。二人でいるときにも、非常にきちっとしていましたよ。わたしは今先生を師匠にして本当によかったと思うの。

伊藤　先生、そのときにね、急がなかったら、それで出家もしなかったら、自殺していたんじゃないですか。

瀬戸内　していたかもしれないわね。

伊藤　考えました？

瀬戸内　考えた、考えた。

伊藤　なんか、先生とお話ししていてね、出家というのはわからなかったんですよ、どんなものか。でも、お話ししていると……。

瀬戸内　生きながら死ぬことよ。

伊藤　そう、そう、本当にそう思った。生きながら死ぬことだと。自殺で身体を殺すんじゃなくて、社会的な何かを殺すという。本当に、「殺す」という言葉が一番合っているような気がしたの。だから、先生は、自分の瀬戸内晴美というのを殺して、寂聴に生まれ変わったというか、修行というのはそういうことですものね。

瀬戸内　生まれ変わるつもりはなかったんだけどね。もう死んでもよかったんだけど、何か、生まれ変わらせてくれたわね、何かがね。

伊藤　ですね。

瀬戸内　それが仏でしょうね。

伊藤　そうですか。後悔していらっしゃらないでしょう?

瀬戸内　後悔は一度もしない。

伊藤　出家なさったことも?

瀬戸内　わたしはしておいてよかったと、本当に思う。

子どものこと、孫のこと、ひ孫のこと

――寂聴さんは、幼い娘さんを置いて家を出られて、文学で身を立てようということでずっとやっていらした。そのことに対する思いとか、悔いというのは？

瀬戸内　申し訳ないと思っているからね。わたしがちょうど出家したとき、娘が結婚して新婚旅行に、ヨーロッパに行っていたんです。その留守に出家したのね。わたしは早くから出家する気持ちがあったから、娘の縁談が決まるときも、ちょうどよかったと思っているでしょう。だけど、娘はそのことを知らないから、旅先でわたしが出家したというのを聞いたわけですよ。

旅先から、「わたしの結婚と、あなたの出家とは、何か意味があるのか」と言ってきたの。「何もない」と言って、「本当はもっと早くに決めていたから」と言ったんですけどね。それから、もう、そういう話はいっさいしないの。

――お嬢さんとしては、「もしかしてお母さんが、何か自分のことを気にしていらっしゃるのかな」ということを気にしていらして。

瀬戸内　ずっとアメリカで育ちましたから、出家なんてこととは無縁だし。それから、髪がなくなるでしょ、だから、そのときにお土産をくれたんだけど、イタリアで買ったという帽子でした（笑）。帽子をくれたの。

――それはお嬢さんなりの思いやりというか、お気持ちだったと思うんですけれど。いま、寂聴さんは、お孫さんも、ひ孫さんもいらっしゃって。

瀬戸内　ひ孫がいま、三人、女の子ばっかり。一組は双子。

――ときどきお会いになると、かわいいですか。

瀬戸内　かわいい？　あんまり。アッハッハ。だんだん育つからね。

伊藤　三人のひ孫さん、おいくつですか。

瀬戸内　あのね、年は知らないわ。アッハッハ。双子はね、もう小学校へ行っています。もう一人は、生まれてまだ一年にならないかな。その子はわたしが名前をつけてやったの。

伊藤　うわあ、先生が名づけ。一生の宝ですね。なんておっしゃるんですか。

瀬戸内　「はるかちゃん」というの。それから、最初の孫の女の子には、わたしが「るな」と付けたの。アメリカで暮らしているからちょうどいいでしょう。

――いままで寂聴さんのプライベートなところを、いろいろ小説になさってきたわけですから、お孫さん、そしてひ孫さんの世代の話も読みたい気はしますけれどね。

瀬戸内　だからね、編集者がそれを書かせたくてしょうがないのよ。

――各社、争奪戦ですね。

伊藤　書くしかないですよ、先生。

――比呂美さんのところは、三人お嬢さんがいて、一番上のお嬢さんのところにはお子さんもいますが、いまの関係は？

伊藤　敬して遠ざける、みたいな。だって、自分ちの子どもじゃないから、わたしが口出しできないじゃないですか。

――孫たちはね。

伊藤　やっぱり、ひとの人生ですよ。わたしは書く気もないし。

――比呂美さんは、育児エッセイというのをお書きになっていますよね。

伊藤　自分の子はどうにでも煮炊き（にた）できる、煮炊きというと変ですけど、煮ても、焼いても、自分ちの子どもだという意識があるんですけど、ひとんちの子どもに手を出す気は。

――孫については、また別ということなんですね。長女が赤ちゃんを産んだときは、車を何時間も走らせて行ったという。

伊藤　だって、それは、生体、生きている体の比呂美というのがいて、それは興味があるんですよ、どんなものかというのが。ただ、それが作家としての比呂美というと、あまり興味がないんですね。ちょっとね、何もわたしに呼びかけてこないみたいな。

――孫になると。

伊藤　うん。犬のほうがおもしろい。犬の一挙手一投足を見ているじゃないですか。それは書きたいんですね。なんか、ザワザワさせるものがあるけど、孫は違うような気がする。

人生相談の答えは「好きにしなさい」

――人生相談では、どうしても、姑とか、親とか、子どもとか、やっぱりそこは逃れられないですか。

瀬戸内　一番多いです。

伊藤　多いですね、やっぱりね。

瀬戸内　お墓に一緒に入りたくないとかね。お墓なんて、死んでいるんだもの、もうどうでもいいと思うんだけど、「いやだ」って言うわね。

伊藤　やっぱり、先生のところはそういう相談が多いですか、お墓とか。

瀬戸内　うん。姑と入りたくないとかね。

伊藤　そういうときに、なんてお答えになりますか？

瀬戸内　それは、「好きなようにしなさい」って言うわよ。

伊藤　アッハッハ。いいんですか、それで。前に、ほら、先生、寂庵で法話をなさっていたときに、わたし、見せていただいたんですよね。そのときの相談が、「お義母さんが自分のところの宗旨と違うものを拝んでいる。どうしたらいいでしょうか」みたいな相談だったんです。そのときに先生、「好きにさせておきなさい」みたいなことをおっしゃっていて。

でも、そういう相談は、わたしのところに来ない、さすがに。全然違うタイプの相談だなと思って、感動したんですよね。家庭内の宗教についてなんかは、先生のところに行きますね。すると、「いいじゃないの、放っておきなさい」とおっしゃる。

瀬戸内　わたし、いい加減なのよ。

伊藤　でも、見ていたら、先生に「放っておきなさい」とか言われた人は、なんかね、サーッと、「やっぱりそうですか」みたいな。

瀬戸内　うれしそうな顔になる。

伊藤　そう、そう、うれしそうな顔になる。納得するというか。そこが不思議ですね。

瀬戸内　つまらないことにこだわっているんですよね。どうでもいいというか。

死んだ人の骨をね、いつまでも側に置いておきたいと言うの。「食べたら？」って、わたし言って。そうしたらね、「あ、食べてもいいんですか」なんて言うけれど、「骨だからね、食べてあげなさいよ」と言ったら、ホッとするの。そんなのずいぶんいますよ。

伊藤　でも、たぶん、先生の答えというのは、「いいんだ、これで」という感じを与えているような気がする。

瀬戸内　だって、仕方がないじゃない。不倫だって、不倫をしようと思ってする人なんか一人もいないよね。たまたま、雷が落ちてくるようなもんでしょう。だから、落ちてきたら、あと、どうやって逃げるかとか、その後始末はあるけれど、仕方がない、それは。

ただ、相手を苦しめて、その上に自分だけ「別れてよ」なんて言って、別れてもらっても、それはやっぱり、人を苦しめた上に自分の幸福なんて成り立たないですよね。あとから好きになったんだから、遠慮しなきゃ、それは仕方がないわね。

伊藤　つまり、結局、不倫というのは遠慮しなくちゃいけないと。

瀬戸内　わたしは、そう思うわね。

伊藤　ほう、そうですか。でも、仕方がないわけでしょう、空から降ってきて。

瀬戸内　だって、あとから出てきたんだから、やっぱり、競争していてかわいそうじゃないの。

伊藤　じゃあ、気持ちは、たまたま不倫なんだけど、好きになっちゃったその気持ちというのは、どうやったら収められるんですか。

瀬戸内　それはもう、収められないわね、行くところまで行かなきゃね。

伊藤　でも、先生、いま、矛盾していますよ。

瀬戸内　だって、雷が落ちてくるようなもんだから仕方がないのよ、そんなの。

伊藤　避雷針（ひらいしん）みたいなものが……。

瀬戸内　避雷針があればいいんだけどね。

伊藤　あればいいんですけどね。そうなんですよね。なんか、人生ってそういうもんですね。

瀬戸内　何人もしたらだんだんつまらなくなる。アッハッハ。

小説は全身全霊で、俳句はちょっと遊んで

――さて、話は変わりまして、ここで、寂聴さんのはじめての句集『ひとり』から、お気に入りの句を朗読していただきます。

御山(おんやま)のひとりに深き花の闇

独りとはかくもすがしき雪こんこん

瀬戸内　これは楽しいでしょう。

伊藤　すごくいいですね。

春逝くや鳥もけものもさぶしかろ

生ぜしも死するもひとり柚子湯かな

はるさめかなみだかあてなにじみおり

伊藤　素晴らしい。
瀬戸内　そうですね。これは好きなの。

落籍かされし妓の噂など四日かな

瀬戸内　（正月）四日ぐらいに、はじめてお茶屋に行ったりするんですよ。だから。
――祇園に遊びに行くはじめが四日という。
瀬戸内　お正月ぐらいから「もう落籍かされて、いなくなったよ」なんて妓がいるわけ。
伊藤　これは本当にお正月の句ですね。
瀬戸内　そう、そう。次のは花祭りの日ね。

天地にいのちはひとつ灌仏会

瀬戸内　エヘへ。よう言うよ。

伊藤　「よう言うよ」って、先生。
瀬戸内　何を言っているんだろうね。わたしは、詩人が最高と思いますよ。
伊藤　先生、俳人じゃないですか。
瀬戸内　だから、うれしいですよ。もう一冊、死ぬまでに句集を出して、それで、みんなにあげるの。
――小説を書いているのと、俳句をつくるのというのは違いますか。
瀬戸内　違いますね。小説を書いているときは、もうやっぱり、真剣といったらおかしいけど、全身全霊で書いているでしょう。俳句のときはね、やっぱり、ちょっと遊んでいる。それから、俳句はお金にならない。それがいいの。
伊藤　でも、先生、この句集、売れたでしょう？
瀬戸内　だってあれ、自費出版だもの。売れないと思ったから、自費出版にしたんですよ。売れたと言っても、元が返ったぐらいかな。
伊藤　そうですか。先生、短歌はおつくりにならない？　だって、『源氏物語』でおやりになっているでしょう。
瀬戸内　短歌はね、うちの姉がつくっているの。それで勧めて、二冊本を出して、賞をももらっているの。

伊藤　お姉さまが？

瀬戸内　うん。それがね、いまでも気になるのは、二冊出したでしょう。その二冊目のときは、姉が病気になっていたんです。だけども、姉は二冊目を出したかったのね。それで、わたしが見たら、あんまりよくないんですよね。だけど、もう死ぬ前だから、本当は、「もうこれでいいよ、お姉さん、出そう」と言うべきなんだけど、それをわたしが言えなかったの。それでね、「もう一回直せない？」と言ったんですよ。

伊藤　あら、でもわかるわ。

瀬戸内　そうしたら、もう、情けない顔をしたけどね、「直す」と言うんですよ。もう死ぬときなんですよ。いらんこと言ったと思うんだけど、それで姉は一所懸命直して、とてもよくなってね、それで死んだの。でも、あんなむごいこと言わなければよかったと、いまでも思いますけどね。でも、残ったものがいいほうがいいでしょう？

伊藤　絶対いいですよ、そのほうが。

瀬戸内　それで二冊出して、死んだの。

伊藤　厳しいですね、やっぱり。素晴らしいですね。

小説家・瀬戸内寂聴のことを知ってほしい

――いままで寂聴さんは、プライベートなところをいろいろ小説になさってきましたが。

瀬戸内　わたしは、忘れることはないのね。

――思い出というのは残っている。

伊藤　そうしたら先生、九十七歳分の記憶というのを、ずっと忘れないで持っていらっしゃる？

瀬戸内　忘れない。あなたも忘れないでしょう。

伊藤　でも、わたし、たかが六十三年分だから。先生は三十年分のよけいな記憶を。

瀬戸内　あと三十年、忘れないって。

伊藤　そうですか、つらくないですか。そのたくさんの記憶を持ってずっと生きているというのは。

瀬戸内　やっぱり、小説を書いているからね。

伊藤　そこでアウトプットしちゃうんだ。なるほど。

瀬戸内　今度ね、井上光晴（みつはる）さんの娘さんの井上荒野（あれの）さんが、小説を出したんですよ（『あちらにいる鬼』)。それでわたしのことを書いた。それでね、全部読まされたの。うまいの。あれは絶対に賞を取りますよ。もう、すごくうまい。

――井上光晴さんと、先生と、奥さんと、三角関係だったわけですよね。

瀬戸内　それをね、荒野さんが全部書いたの。それで、「なんでも話してあげるから」と言って、だいぶ話してあげたけれども、全部は使っていなかった。「全部使っていいよ」と言ったんだけど、遠慮したのかな。それか、いやだったかね。わたしはなんでもないけれど、荒野さんとしてはいやだった場面があるんでしょうね。モデルにされたわたしがほめるんだから、この小説は、いい小説ですよ。

伊藤　自分がモデルにされた感じは、どんな感じですか。

瀬戸内　いやじゃなかった。小説がいいからね。下手な小説だったらいやだけどね。

――寂聴さんは、若い作家もずいぶん目をかけていらっしゃいますね。

瀬戸内　だって、年寄りに書きようがないじゃない、そこで止まっているから。それは若いほうがいいですよ。

――比呂美さんは、今年、「寂聴サミット」というのを企画しているとか。

瀬戸内　わたしのことなんかしたってしょうがない。もうすぐ死ぬのに。

伊藤　だって、先生のことは、ほとんど日本人全員知っているぐらいでしょう。だけど、先生のことを文学者というふうには……。

瀬戸内　そう、そう、知らない。

伊藤　でしょう。それはやっぱり、いやじゃないですか。もったいないですよ。

瀬戸内　いやじゃないけど。しょうがない。

伊藤　そこをちゃんとわかってもらいたくて。文学だけに特化して……。

瀬戸内　わたしは坊主になったことなんて、あんまり重きを置いていないんです。

伊藤　やっぱり、文学でしょう。

瀬戸内　小説家です。

伊藤　その先生の小説について話し合おうという会を、尾崎真理子さんと、高橋源一郎さんと、平野啓一郎さんと、やろうという。

瀬戸内　ああ。全部好きな人ばっかりだから、いいわ。

伊藤　そうなんです。

瀬戸内　平野啓一郎はいいですよ。あの人は、もしかしたらノーベル賞を取る人ね。

――いま、新しい『ある男』という作品がすごく評判になっていますけれど。

瀬戸内　でもね、あれだけ売れるようになったけれど、まだ奥さんの収入にかなわないの。わたしが、「もう、奥さんより高くなった?」と言ったら、奥さんが笑ってね、「まだです」なんて。ワッハッハ。

伊藤　高橋源一郎さんもお親しいでしょう?

瀬戸内　高橋さんはいいですよ。最初の小説に賞（群像新人文学賞）をあげようというとき、みんなが、「こんな文章、しょうがない」と。わたし一人、「これは天才です」と言ってね。結局、ほめたのはわたしだけだから、五対一ぐらいだったからね、もらえなかったの。

伊藤　駄目だったんですか。

瀬戸内　うん。だけど、「天才ですよ」と言うのに、みんな、「何?　この文章」とか言って、わからないのよね。駄目よ、日本の作家は。

伊藤　「寂聴サミット」は十一月ですから、先生。

瀬戸内　生きているかな。アハハ。

伊藤　だから、生きていないと。お客を集めるのに先生がいないとだめですよ。そして、第二部で先生に出ていただいて、何か文学のことを話していただいて。人生相談なしでやりますから、よろしくお願いします。

瀬戸内　生きていたらね。わからないよ。

伊藤　絶対大丈夫ですよ。あと十年ぐらい。

※編集部注　「寂聴サミット」は二〇一九年十二月九日、早稲田大学小野記念講堂にて開催され、寂聴さんは京都より動画メッセージを届けました。登壇者四人の座談の様子は、二〇二〇年三月号の「群像」に掲載されました。

いい作家には詩心がある

——そうやって若い作家を見出されるというのもありますけれど、寂聴さんの場合は、美人秘書の瀬尾まなほさんがいらっしゃる。

瀬戸内　あれは小説家にはなれない。

——いま、エッセイも書いて。

瀬戸内　そう、そう。だから、書いて食べていかれるかもしれないけどね。だけど、もっと勉強しなきゃ。

伊藤　小説家になる素質、能力とは何ですか。何があったらなれますか。

瀬戸内　あなたのように、詩人だけど小説を書く人もあれば、詩しか書けない人もいるよね。

伊藤　そのへん、知りたいんですよ。いま、早稲田で学生たちに小説の書き方とか詩の書き方を教えているんですが、何が一番大切なんですか。

瀬戸内　小説家で詩心のない人はおもしろくないよ。やっぱり、本当にいい作家は、詩心がある。

伊藤　その詩心とは？

瀬戸内　たとえば、森鷗外(もりおうがい)なんかね。

伊藤　それは、わたしはもう、森鷗外ラブですから。それはありますよね。でも、特殊でしょう、あの人は。一般的に、その詩心とは何ですか。

瀬戸内　太宰もあるでしょう。わかるでしょう。

伊藤　でも、そうじゃない人、いっぱいいるじゃないですか。それ系じゃなくて、もっと地道に書いているような小説家も。

瀬戸内　つまらないじゃない、そんな小説。

伊藤　そうですか。若い人がいっぱいいて、彼らに小説をこれから書いてもらいたいと思ったときに、何を一番にアドバイスしますか、先生は。

瀬戸内　やっぱりそれは、小説を好きってことね。それから、やっぱり、読んでいなきゃね。だから、本当に子どものときから小説を読んでいる人は、いつか書きますよ。だけど、案外、みんな読んでいないのね。誰でも読みそうだけど、案外、読んでいない。

伊藤　そうですか。やっぱり先生も、子どものときから本当にお読みになっていたわけでしょう？

瀬戸内　学校に行く前から字を覚えたでしょう。それから、小さいとき、図書館に行っていたもの。

伊藤　いまもいっぱいお読みになりますか。

瀬戸内　いまだって読んでいるよ。

――若い人の作品も読んでいらっしゃるし。

伊藤　じゃあ先生、文章修業、作家になる修業としては何が？

瀬戸内　才能だからね、修業なんかしたって駄目なのよ。

伊藤　才能ですか。では、才能のない人は駄目ってことじゃないですか。

瀬戸内　そう、そう。

――一刀両断ですね。

瀬戸内　勉強して上手になるなんてもんじゃないからね。だから、いくつも、いくつも書いたって、それはね、才能がなかったらそこまでなの。

伊藤　そうですか、救いがなかった。

瀬戸内　頭がいいとか、学問があるとかじゃないのよ。だから、無頼でも何でもいいのよ。

伊藤　いいものを書けばいいわけでしょう。そうなんですよ。

瀬戸内　捕まって刑務所に入っていたっていいのよ。書く人は書く。

伊藤　そうだ、先生は刑務所に入っていた永山則夫（ながやまのりお）の支援もされていましたよね。

瀬戸内　会いに何回か行ったけど、おもしろかったよ。いまでも、永山則夫の遺言で印税を外国の子どもに届けている弁護士がいるんですよ。その人と仲がいいの。

――寂聴さんは、そういう社会的な活動、デモに参加するとか、非常に積極的ですね。

伊藤　先生、デモに参加されたりプロテストで断食されたり、すごかったですよね。

未来は若い人のもの

——いろんな現場に足を運ばれて、実際、若い人たちと触れ合いますよね。寂聴さんのそのエネルギーというのはどこからわいてくるのですか。

瀬戸内　だって、やっぱり、未来は若い人のものだもの。

伊藤　わあ、素敵な言葉を、先生。

瀬戸内　ババアやジジイは死ぬしかないのよ。邪魔なのよ。

伊藤　先生、もう一回言ってください、それを。

瀬戸内　未来は若い人のものです。

伊藤　何だか素晴らしすぎますね、これは。

——そうすると、いま、身近に秘書のまなほさんたち、若い人たちがいますよね。若い人たちと一緒にいることのよさというのもあるんじゃないですか。

瀬戸内　メリットはないわね。もらうものは何もない。取られるだけですよ。でも、おもしろい。

伊藤　でも、先生、ずいぶん、いきいきなさったんじゃありませんか、まなほさんが来られてから。

瀬戸内　おもしろいからね。

伊藤　まなほさんは元気いっぱいでも、いまの若い人たちって、なんだか自信がない子が多いし、打たれ弱い子が多い。

瀬戸内　いま、「若草プロジェクト」というのをしていて、その理事をまなほがやっているの。行き場のない子の家を用意してあげたり、いろいろしているんですよ。わたしがなかなか行かれないから、代わりにそういうのをさせてるのね。すると、変わりましたよ。

——寂聴さんは、元厚生労働省事務次官の村木厚子（あつこ）さんとご一緒に、代表呼びかけ人をされているんですね。やっぱり、若い女の子たちの置かれている状況というのは気になりますか。心配されていますか。

瀬戸内　気になりますね。

伊藤　前と違いますか。いまの若い人たちと、先生が若かった頃では。

瀬戸内　そりゃもう、全然違うよ。だって、セックスに対する考えがね、もう根本から違うでしょう。

伊藤　どう違いますか。

瀬戸内　だって、わたしたちのときは、お嫁に行くときに、処女でなければいけないというふうに教えられていた。

——十代の若い人たちを集めてお話しされたことがありましたね。

伊藤　どうでしたか。

瀬戸内　なんでも、わたしは若い人贔屓(びいき)だからね。未来は若い人のものだから。十代といったって、わたしたちの十代と違うからね。みんな、体は大きいしね、頭もしっかりしているしね。やっぱり、十代でしっかりしないと駄目ね。

伊藤　十二、十三、それとも十八、十九、どっちに近い十代ですか。

瀬戸内　若いほどいいいんじゃないかしら。十三ぐらいがいい。

伊藤　思春期ですよね。一番難しい時期ですよね。

瀬戸内　わたしたちの頃とは、そこから違っているから、教育の仕方もね。

伊藤　変えなくちゃいけない、でしょう?

瀬戸内　十代のことだからね。

自信がない若者たちに贈る言葉

——比呂美さんは学生と接していらっしゃいますよね。ご自分が学生のときと比べていかがですか。

伊藤　わたしたちの頃は、ヒッピーの末裔だったから、保守的な考えはありながらも、無頼だったんですね。ヒッピーは無頼だから。いまの子たちは、わたしたちより奔放に見えながら、どこかで自信がない。もう本当に自信がないというので苦しんでいる。苦しんでいることにも気がついていないみたいな子が多いような気がするんです。

わたしは、若い人たち、もっとつまらないと思っていたんです。アメリカから見ると、日本の若者は、なんか元気がないというか、夢がないというか。立ち方もね、クニャッとして立っているでしょう。あんな感じでおもしろくないんじゃないかと思って来てみたら、おもしろいんですよ。一人一人がね、「え？」というぐらいよく考えていて。でも、自信がないのね。

——まなほさんも、「わたしなんか」と言って、すごく寂聴さんに叱られて。

瀬戸内　そうそう、怒ったの。

——「わたしなんか」と、つい言ってしまう若い人たちの気持ちって、やっぱり、自信がないのでしょうか。

伊藤　自信がないんだと思う。最近よく学生たちが話していたのが、「カエル化現象」というんですよ。

瀬戸内　どういうこと？

伊藤　それはね、女の子が男の子を好きと思ってアプローチしていて、男の子が振り向いてくれたとたんに、男の子をいやになっちゃうんですよ。『カエルの王子さま』という話があるでしょう。もともとの話は、カエルになっていた王子さまが、「好き」と言ってもらったとたんに、王子さまに戻るんですよね。でも、いまの子たちは、王子さまがもともとのカエルに戻っちゃうんです。そういう話。でも、それもね、やっぱり自信がないせいだと。自分というのをすごく低く見ていて信じられていないからだというの。

——そのあたり、寂聴さんだったらどんなふうにアドバイスを。

伊藤　どうやって自信を持ったらいいですか。

瀬戸内　いま、はじめてそんなの聞いた。

伊藤　カエル化だろうが、トカゲ化だろうがいいんですけど、自信がないというのはどうしたら持てるようになるんですか。

　そして先生、ほめられていないんですよ。ほめられればいいんだけど、ほめられるという環境にないんですよね。どうしたらいいでしょうね。

瀬戸内　それはやっぱり、まわりがほめてやるしかないわね。

伊藤　でも、なかなか、ほめてもらえていないです。わたしもそう思うんですよ。でも、人生、ほめられることだけじゃないですよね。そのときに、より傷つくんですね、ほめられないということで。だから、人にほめられずに自信を持つには？

瀬戸内　やっぱり、本を読まないからじゃないかしら。

伊藤　本ですか。

瀬戸内　もっと本を読んだほうがいいんじゃない？

伊藤　どうして本ですか。本のどこがそんなにいいですか。

瀬戸内　だって、どの本を読んだって、自分の知らないことが書いてあるじゃないの。わたしたちがものを考えたり、いま、こんなことをしゃべっているのは、もとはと言えば、本を読んでいるからでしょう。親がそんなこと、教えてくれるわけじゃない。学校で覚えるわけじゃない。自分で本を読むしかないんじゃないの。書店に聞いたらわかるけど、いま、まったく本が売れないんだってね。本当に売れないらしいよ。だから、これはやっぱり、とても怖いことじゃないかしらね。

伊藤　それは漫画とか、アニメとかじゃなくて、本ですか。

瀬戸内　本が読めないなら漫画でもいいけどね。いま、優秀な漫画がありますから。『源氏物語』なんか、漫画のほうがよくわかる。アッハッハ。

伊藤　わたしも、漫画版をとりあえず全部読んでから『源氏物語』を読みました。

――そうやって、自分の人生だけじゃないという目を開かせるアドバイスを大人がしてあげるということですか。

瀬戸内　そう。それで、生きていたらいろんなことにぶつかるじゃないですか。そこで、乗り越えていくしかないんじゃないかな。傷つくことを恐れちゃ駄目よね。何もしないでがっかりするより、してがっかりしたほうがいいのよね。

伊藤　わたしも本当にそう思う。後悔するときに、やらないで後悔するよりは、やって後悔したほうがいい。

瀬戸内　やって後悔したほうがいいの。

伊藤　人生で、わたしは本当にそう思いますもの。

瀬戸内　わたしもそう思う。

伊藤　でしょう。六十三のババアと、九十七のババアが言うんだから、これは確かですよね。

瀬戸内　アッハッハ。それはね、やったほうがいい。

——でも、いま一歩踏み出せない若い人たちが多いから、それをうまく引き出していく何かいい方策がないですかね。

瀬戸内　「若草プロジェクト」に集まっている子なんて、本当にかわいそうよ。だけど、もう済んだことをグズグズ言ったって仕方がないから、新しく自分が立ち直るしかないでしょう。

伊藤　そこかもしれない。いま、先生が、済んだことをグズグズ言ってもしょうがないから、とおっしゃったでしょう。それがいま、考え方の中にあんまりないんじゃないかと思って。つまり、それをトラウマと言って、そのトラウマから、「あなたはあなたよ」というのを結びつけていくみたいな考え方で、いま、わたしたちは人と接しようとしているんだけど、それでよけい、そこから抜け出せなくなるのかなというのも、ちょっと乱暴な言い方ですけど、なんだか、八〇年代ぐらいに大きな転換があったような気がするんですよね。

わたしを拝んだって、何もない

——いきいきと最期まで生ききるということを考えたときに、いま、どうしたら、もっとみんな、いきいきと生きていけるでしょうか。

瀬戸内　でもね、九十過ぎて生きるのはしんどいよ。本当にもういい、けっこうと思うわね。

伊藤　何が一番しんどいですか。

瀬戸内　とにかく体がしんどくなるの。

伊藤　うちの父が八十九で死んだでしょう。「車とか機械でも八十何年生きていたら駄目になるんだから当たり前だよな」とよく言っていましたよ。いまも先生、どこかが痛い？

瀬戸内　ここのところちょっと元気なんだけどね。足がもう動かないときがあったもの。それでね、ベッドで昼間から横になっているのが楽なの。そんなこと、なかったですよね。横になっているのが楽。だから、読む本は、重い本は持てないから、週刊誌ばっかり見て。週刊誌を何冊も読んでいるから、いろんなことを知っているの。アッハッハ。

——そうやってアンテナを張っているというか、社会のことに関心を持っているというのは、それもいいんでしょうね。

伊藤　でも、そういう先生を、体がつらくなっていて、週刊誌しか持てないとおっしゃっているような先生を、まわりで、わたしをはじめとして寄ってきて、絞り上げようとしているわけでしょう。何かを取ろうとしているわけでしょう。

瀬戸内　でもね、法話はするんですよ。そのときは起きて、でも、着物を着るのがもう面倒くさくてね。だけどちゃんと着る。これは自分で着るのよ。終わったら自分でたたむの。「ああ、面倒くさい」と思いながら、それでも、着物を着て、袈裟をかけて、それでみんなの前に行ったらね、しゃべりまくる。

伊藤　そこは楽しい？

瀬戸内　楽しくはないよ。楽しくないけど、それはもう仕方がないから。せめてそれぐらいしないといとね、と思って。

伊藤　やっぱり、「汲めども尽きぬ泉」という感じで、いくらでも。

瀬戸内　わたしが出ていって、おしゃべりしたら、もうね、中身なんかどうでもいいのね。顔を見て喜んでいるのね。九十過ぎてもこんなに元気と思うのね。

伊藤　そう思いますよ。だから、本当にありがたいと拝みたくなる。

瀬戸内　拝んでるわね。

伊藤　ありがたい存在だと思います。

瀬戸内　まなほを連れて町へ行ったら、向こう側からおじいさんが拝んでいるの。まなほが「仏さんもいないのに誰を拝んでいるの？」と言うから、「わたしよ」と。「なんであなたを拝むんですか⁉」と、もう、びっくり仰天。

伊藤　先生、拝まれたらどんな感じですか。

瀬戸内　まあ、拝んでおれと思う。「わたしを拝んだって、何もないよ」と思っているけど。

伊藤　でも先生、そこに何かやっぱり、すごいエネルギーをお持ちでしょう。

瀬戸内　あるんでしょうね、やっぱり。無頼のエネルギー。

伊藤　唐突なんですけれど、石牟礼道子さんも何かそんなところがあるんです。先生と姉妹のような感じがある。先生のほうが、ほら、無頼でしょう。石牟礼さんはそんな感じ、なかったんです。そうなんですけれど、やっぱり……。

瀬戸内　でも、彼女がしていることは無頼じゃないの。

伊藤　そうなの。そして石牟礼さんの存在も、ものすごくエネルギーがあって。先生も石牟礼さんもそうなのだけど、わたしたちみたいなヤング無頼が近寄ったときに、スッと取り入れてくださるんですよ。それがやっぱり、おもしろくて、通っているような気がしますね。

――いま、比呂美さんからすると、寂聴さんはスッと包んでくれるとありましたが、寂聴さんからして、比呂美さんの世代とか、また、若い世代のそばに行くと、エネルギーが逆に寂聴さんの中に入っていくのでしょうか。

伊藤　いや、先生のほうが強いから。わたしのエネルギーなんて、先生の前まで行って跳ね返される感じ。取って返す刀でいっぱいもらってくるみたいな、そんな感じですね。

瀬戸内　学生を教えるのは楽しいでしょう。

伊藤　メチャクチャ楽しい。なんかね、哺乳類として子どもを三人産んで育てたんですよ、わたし。娘三人いるでしょう。いちいち哺乳類的に育てて、お乳をやって育ててきて。いま、ハッと気がついたら、魚になって、何百万と卵を産んだ感じ。その卵が、いま、孵化していいて。こっちは、いちいち哺乳類のようにお乳をやらなくちゃいけない、みたいな感じで育てているんだけど、連中は魚だから、スッと来て、スッと行っちゃうんですよ。なんかその関わりが薄いというところが、また、おもしろいの。今週来ても、来週来なかったり、ちょっと来ても、何をわたしからもらったというのでもなくて、スッと離れて行ったり。その魚的な感じの付き合いがおもしろいですね。

――寂聴さんは法話という形で、たぶん、似たような状況なんでしょうか。

伊藤　おそらくそうですね。もっと大人の、宗教に迷っている人も引きつける感じ。

瀬戸内　つまらない話をするんだけど、それで喜んでいる。

伊藤　なんで、人のそういう悩みを聞き続けていらっしゃいますか。なぜ、人の悩みを聞いて、それに答え続けていらっしゃる？

瀬戸内　だって、向こうが喜んでいるから。誰も言ってあげられないから、それで喜ばすことができるんじゃない。

わたしはもう、百近くまで生きたでしょう。だから、わたしよりも若い人が困っていて、悩んで、「どうしたらいいでしょう」なんて言ったらね、それは一緒になって考えてあげる。その義務があると思うからね、答えるだけ。

答えるといっても、その人よりも年が上とか、あるいは、その人よりも経験が多いとかでなければ、相手は来ないでしょう。だから、自分のことをしゃべることになるわね、結局。わたしたちの答えが、やっぱり、悩んでいる人の、何か役に立っているんでしょうね。十人のうち一人ぐらい、変わる人がいますよ。

伊藤　「よかった」という手紙が来ますよ。わたしの場合は、アメリカに行ってから始めたんですよね。日本人の相談を週一で受けるというのが、最初はうっとうしかったんです。「なんで、こんなことを始めた？」みたいに思っていたんですけど、だんだん、なんと言うのだろう、寂しかったんですね、アメリカで。そうすると、人の悩みというのを共有している感じで、一緒に誰か生きている人がいる、悩んでいる人がいるというのが悪くなかったんですね。

一人の人生は一つしか生きられないけど、何百人の人生を一緒になって、もうすでに経験したみたいな感じが本当にあって。やっぱり、書くものにはずいぶんプラスになってきたような気がしますね。

「欲」は死ぬまであると思いますよ

――やはり、人の喜びというのは、寂聴さんにとっても喜びに返ってくる。

伊藤　喜びと、いま、先生はおっしゃいましたけれど、仏教では、「菩薩（ぼさつ）」というのがありますよね。自分だけが悟るんじゃなくて、まず、人を悟らせてから自分も、というのが菩薩なんです。観音菩薩とか、地蔵（じぞう）菩薩とかになっちゃうと、ちょっと神話化された形なんですけれど、そうやって生きていた修行者がいたわけです。先生はそれですものね。

でも、文学者はそれじゃ駄目なんでしょうね。先生、文学者はやっぱり、無頼ですものね。

瀬戸内　性欲とか、恋愛の感情とかね、それは、わたしは死ぬまであると思うわね。死ぬまであると思う。ただ、それはみっともないからね、そういうことはやめましょうという、そういう気持ちも出てくるでしょう。だけど、それが出てこない人もあるんじゃないかしら。だから、油断はできないね。死ぬまであると思いますよ。

伊藤　先生の中にある矛盾みたいなものですよね。性欲とか、書かなくちゃいけないという欲と、人に対する、助けてやらなきゃいけないみたいな思いと。

瀬戸内　いちいち、もう分けて考えていないもんね。なんとなく一緒だからね。

ただ、出家すると、守らなきゃいけないことがあるじゃないですか。でも、わたしはどれも守れないのね。嘘をついてはいけないとか。小説家は嘘を本当らしく書くのが仕事でしょう。小説家をやめる気はなかったからね。それは駄目でしょう。それから、人の悪口を言ってはいけないと。悪口言いながらご飯を食べたらおいしいのよ。

伊藤　アハハ。

瀬戸内　そういうことよね。だから、どれも守れないのね。そんならね、一番難しいものを守ってやろうと思って、それでセックスを断ったんですよ、わたしは。だから、出家してから、本当に、もう天地神明に誓ってしていないの、それは。

——でも、過去何度か危ないところがあって、それこそ『比叡』を読んだら、得度した夜に友だちに連れられて逃げたんだけど、そこに男が……。

瀬戸内　来ましたよ。来たけど何もない。びっくりしてオドオドしてたわよ。さすがに荒野ちゃんは書いてないのね。「惜しいな、これも書けばいいのに」というようなことをいろいろ話してあげたけどね。遠慮したのかな、書いていない。

——最後に、今年一年、みんなが元気に、前向きに過ごせるように、寂聴さん、比呂美さんから、それぞれメッセージをいただければと思うのですが。

瀬戸内　生きている以上はね、自分の幸せだけ考えては、やっぱり駄目なんじゃないですか。だから、自分以外の人が幸せになるように手を貸すことが一番いいんじゃないかな。

伊藤　素晴らしい言葉ですね。わたしは、じゃあね、「わたしはわたし」というので行くべきだと思うんですよ。「わたしはわたしなんだ」というところで納得できて、あるいは、自分のことをきっちり考えられるようになったら、「人は人」と考えられるような気がするんです。「あなたはあなた」「彼は彼」と。そうしたら、むしろ、人に対してのきちっとした目線ができるようになって、うまくいくんじゃないかと思うんですね。

でも、三十年先に生きていらっしゃる先生の意見のほうが大切だと思うんです。わたしなんて、まだ、ほら、若いし。

――今日はお二人で対談していただきましたが、寂聴さんから比呂美さんにエールを。

瀬戸内　わたしは、文学者の中では、小説家より詩人が上だと思っているから、尊敬しているんです。

伊藤　また、また、先生、そんな、そんな。

瀬戸内　それは詩人が上ですよ。

伊藤　本当にこうやって、いつまでも生きていてくださいね。

瀬戸内　そういうわけにはいかないわよ。でも、死に際にね、意識があったら呼ぶからね、来てちょうだい。

伊藤　はい、もちろん行きますね。

第五章 「書くな」と言われても書くんですよ（瀬戸内寂聴 98歳）

［対談 高橋源一郎］

（高橋源一郎の飛ぶ教室「新春！ 初夢スペシャル」二〇二一年一月一日放送）

二人の因縁

高橋　それでは、元日（二〇二一年一月一日）におめでたいスペシャル企画にまいりましょう。ゲストは、作家で僧侶の瀬戸内寂聴さんです。ホント、ありがたいです。これは先月四日にお電話でお話を伺ったものです。正直言って、実際に来ていただこうと、あるいは行こうとも思ったんですが、コロナ禍でちょっと心配なので、電話でということにしましたが、快く引き受けてくださいました。ぼくも聞きたいことがたくさんあったので、本当によかったです。それでは、皆さん、瀬戸内寂聴さんのインタビューをお聞きください。

瀬戸内　もしもし。寂聴です。

高橋　寂聴先生、聞こえます？

瀬戸内　聞こえますよ。

高橋　よかった。

瀬戸内　わたしのほうは大丈夫ですか。

高橋　こっちも大丈夫です。今日はよろしくお願いします。

瀬戸内　こちらこそ、よろしく。

高橋　とりあえず、あけましておめでとうございます（笑）。

瀬戸内　はい、はい。

高橋　実は、ぼく、新年（二〇二一年）で七十歳になります。

瀬戸内　はい、はい。

高橋　先生には及びませんが、追いつこうと思っても、先に行かれちゃうので（笑）。雑誌にも書かれていましたが、お怪我をされたそうですね。

瀬戸内　ハッハ。転んでね。

高橋　顔を激しく打たれたとか。

瀬戸内　そうです。頭から床にぶつけたんですよ。それでもう、顔が腫れてね。とても人に会えなかった。

高橋　しばらく入院されていたんですよね。

瀬戸内　ええ、入院しました。病院でもね、看護師たちがびっくり仰天して。

高橋　結局、どのぐらい入院されていたんですか。

瀬戸内　それでもね、二週間ぐらい入院しましたよ。

高橋　いまはもう大丈夫ですね。

瀬戸内　いまはまったく普通の生活をしています。

高橋　コロナ禍になってから、もう一年ぐらい経っているんですけれど。
瀬戸内　早いですね。そんなふうに思わないね、まだね。
高橋　まだ全然終わらないので、関西のほうも大変なようなんですが、そちらの具合、状況というのはどうでしょうか。
瀬戸内　あのね、人が来ないようになったでしょう。それから、寂庵も、いろんな行事を全部やめていますしね。だから、とにかく、人が来なくなったということですね。それで、静かです。
高橋　静かな生活なんですね。わかりました。それで、いろいろお話をする前に、そもそも、なんで寂聴先生をお呼びしたのかというのを、こちらからちょっと説明したいと思います。
　実は、寂聴さんとぼくには因縁がありましてですね。いまを去ること四十年前、ぼくが「群像」という雑誌の新人賞に応募して、最終選考に残ったんですが、残念ながら、選考委員の方々からコテンパンに批判されました。そのとき、寂聴先生だけがほめてくれました。
瀬戸内　覚えてないな。アッハッハ。
高橋　覚えてない？　『すばらしい日本の戦争』というタイトルだったんですけど、先生が、「あまりにひどい批判だったので、自分が批判されたように悲しかった」って書いてくださったんですよ。

瀬戸内　はあ、アッハッハ。

高橋　先生、覚えていないんですか？

瀬戸内　覚えていない。

高橋　それで、文学の世界に生み出していただいたお母さんみたいなものだということで、大変感謝しておりますので。

瀬戸内　へええ。そんな重大な役目をしたと思っていないですよ。

高橋　あともう一つ、寂聴先生は、『美は乱調にあり』（一九六六年）という作品を書かれています。覚えていますよね。

瀬戸内　はい、はい、これは覚えています。

高橋　自分の作品ですからね（笑）。

瀬戸内　あれはいい作品ですよ。

高橋　いやいや、自分で言うんですか（笑）。あれは、伊藤野枝（のえ）という革命家の女性が主人公だったんですが、最近、村山由佳（ゆか）さんも伊藤野枝を主人公にした本を書いていますね。それで、先生の本は、ぼくが大学に入る少し前に出ました。大学に入ってすぐ、付き合っていた女の子から、「『美は乱調にあり』を読め」と言われたんですよ。

瀬戸内　それはね、不思議なのね。うちへみえるあなたのような男性で、恋人から、「寂聴さんの『美は乱調にあり』を読め」と言われたって人が何人もいます。女の人が感激して、自分の恋人に読ます小説らしいですよ。

高橋　ぼくもその中の一人だったんですね。それで、彼女は伊藤野枝を卒業論文にしたわけです。

瀬戸内　へえ、そう。

高橋　そうなんですよ。もう別れましたけど(笑)。というような縁があって、瀬戸内さんとはいろいろお会いしてお話ししてきました。最近はお会いしていないんですが。先生と前回お会いしたのは三、四年前ですかね。覚えてらっしゃいます?　寂庵に行ったでしょう。

瀬戸内　ああ、そうですか。季節はいつでしたか?

高橋　秋か冬で、どこかご飯を食べに連れて行っていただいて。

瀬戸内　ホント?　へえ。

高橋　寂聴さん、あのときもけっこう飲んでいましたよ。

瀬戸内　それはいつでも飲んでいますよ。ハハハ。

高橋　あのときはごちそうさまでしたということで。先生、いまは退院されて、食事のほうは以前と変わらずですか。

瀬戸内　ええ、何でも食べるんです。

高橋　知っています、はい。

瀬戸内　やっぱりね、食べなきゃ体が持たないですよ。食べて、飲んでね。お酒はやっぱり、いまでもよく飲みますよ。

高橋　え？　ちょっと、飲んでいるんですか、寂聴先生。

瀬戸内　そう、そう。だって、飲まないと、ほかに楽しみがないじゃない。

高橋　じゃあ、ちゃんと晩酌（ばんしゃく）もして。

瀬戸内　ええ。お酒を飲まないと、ご飯、食べられないんです。

書こうと思って選ぶ人が、どこか自分に似ている

高橋　すごいですね。いまは仕事も普通にされていますよね。

瀬戸内　仕事も、もういっぱいですね。そろそろ仕事を減らさなきゃと思うんだけど。

高橋　嘘でしょ（笑）。

瀬戸内　なんか、あとから、あとから、あるんですよ。

高橋　寂聴先生の本を読むと、「もうそろそろやめようかな」と、たぶん二十年ぐらい前からおっしゃっていますが。

瀬戸内　そろそろやめなきゃ。数えで、だって九十九歳でしょう。

高橋　すごいですよね。どこかのエッセイで読んだんですが、寂聴先生は、原稿用紙にお書きになるじゃないですか。先生がデザインした原稿用紙に。それを、五千枚買って、もう使いきって、それで終わりかなといったら、そのあとまた五千枚注文したって。本当ですか。

瀬戸内　そうです。それも、もうほとんどなくなって。アッハッハ。

高橋　それも終わり？　もう、どこまでも書いていくんですね、きっと。

瀬戸内　書いているのが、わたしの場合は健康にいいんだと思いますね。

高橋　そうだと思います。それで、今日は、ちょっと真面目な質問をしていいですか。

瀬戸内　どうぞ。

高橋　この前（二〇一九年十二月九日）、東京で「寂聴サミット」というのをやりましたね。そのときに、ぼくが寂聴論をやったんですけど、観てました？

瀬戸内　はい、はい、はい。

高橋　それで、ぼくは、寂聴先生にお世話になったからということでなくて、寂聴先生の書かれたものが大好きなので、寂聴研究家でもあるんです。

瀬戸内　はあ、ありがとうございます。わたしが死んだら、もっと書いてください。

高橋　（笑）いや、ですので、生きているうちに当人に聞いておこうと。寂聴サミットでも言ったんですが、寂聴先生の書いているものって、同じ形のものが多いということに気がついたんですね。

瀬戸内　ははあ。

高橋　最初は『田村俊子』（一九六一年）。彼女は、「青踏」にいた活動家ですね。

瀬戸内　『田村俊子』から伝記物が始まったんです。

高橋　そこから始まっていますよね、小説と別に。それで、『かの子撩乱』（一九六五年）では岡本かの子、『美は乱調にあり』では伊藤野枝、『遠い声』（一九七〇年）で管野須賀子、『余白の春』（一九七二年）で金子文子。

瀬戸内　結局、自分の書いたものに、その次に書くものを教えられるんですよ。

高橋　書いているときには決めていなかったんですね。だんだん、広がっていったという感じですか?

瀬戸内　はい。だから、この次に何を書こうかということは、自分の書いたものから教えられるの。「じゃあ、今度はこの人だ」となる。

高橋　ぼくは、全部読み返して、はじめて気がついたんですが。主人公がすごく魅力ある女性というのは同じなんですが、だいたい、まず、夫がいて、別に恋人がいますよね。

瀬戸内　はい、一人か、二人ね。

高橋　そう、一人か、二人か、三人か(笑)。なので、普通に恋人関係を結ぶというより、いつも波乱の中にいるというヒロインが、ほとんどです(笑)。それと、もう一つは、岡本かの子が典型なんですけど、女性のために全部を捧げてくれる男性がいるというパターン。どっちかなんですけど、これって、すいません、瀬戸内寂聴さん、本人のことじゃないですか。

瀬戸内　わたしもしょっちゅう男がいますけどね。

高橋　同じですよね。

瀬戸内　アハハ。でも、そんな助けてくれるようなのはいないですよ。アッハッハ。

高橋　いないですか。でも、思ったんですが、寂聴さんは、ああやって評伝を書いていらっしゃるんですが、もしかすると、あれは全部、自伝なんじゃないでしょうか。どうですか？

瀬戸内　書こうと思って選ぶ人が、どこか自分に似ているんでしょうね。ちょっと似ているところがなければ書けないんじゃないかな。

高橋　やっぱり、そうしないと共感できないですものね。

「わたし以外に誰も書けない」から書いた『いのち』

高橋　ぼくは、伝記を書かれているときに寂聴先生がおっしゃっていた言葉で印象に残っているのが、「作家の日記はだいたい嘘だから、信用できない」というものです。伝記作家として、そうなんですか。

瀬戸内　そうですよ。

高橋　じゃあ、すみません、先生が書いているものの中にも、嘘は入っていますよね。

瀬戸内　うーん。いや、案外、本当ですよ。

高橋　そうか、本当だと思って読めばいいですね。

瀬戸内　だいたい、本当ですよ。

高橋　だいたい、本当なんですね（笑）。わかりました。

もう一つ、いまのところ、これが一番新しい小説ということになると思いますが、『いのち』（二〇一七年）という小説を書かれました。あれ、ぼくは大好きなんです。

瀬戸内　そうですか、うれしいわ。誰もほめてくれないの。だから、おもしろくないのかなと思ったんだけど。あれは、やっぱり、わたしが書いておかなきゃ、誰も書けないからね、だから書いたんです。

高橋　どういう小説かというと、基本的には寂聴先生の親友と言ってもいい、河野多恵子さんとか、大庭みな子さんとの交友のことが中心ですよね。

瀬戸内　ええ、そうです。わたしがね、頑張らなきゃいけない、この人に負けちゃいけないと思ったのは、あの二人なんですよ。ほかの人は、思っていないのよ。だけどね、あの二人は才能があると思ったのね。それで尊敬していたの。本当に優秀な人でしたよ、二人とも。

また、二人がね、お互いを嫌いでね。ハハハ。

高橋　あのお二人は、どうして仲がよくなかったんですか。
瀬戸内　結局ね、河野多惠子がやいたのね。
高橋　ジェラシーですね。
瀬戸内　それで、大庭さんはあんなだからね、河野さんなんか相手にしないよという態度を取るの。それで、河野多惠子がますます怒るわけね。
高橋　『いのち』の中に、大庭みな子さんが倒れたときのシーンがあります。倒れて病院に担ぎ込まれて、瀬戸内さんがお見舞いに行きますね。宮田毬栄（まりえ）さんという、当時「海」という雑誌の編集長と一緒に。

「毬栄です！　宮田毬栄です！」

「まりえさんね、寂聴さん！」

そこで声がつまったが、包帯のお化けのどこに口があるのかわからないまま、その声は思いの外、はっきりして、濁りがなかった。

「声をだして苦しかったら、いいのよ、こちらで喋るから……」

その声を無視するように、澄んだ甘い大庭さんのいつもの声が、包帯のお化けのどこからともなく聞えてきた。

「こ、う、の、さ、ん、は……」

「河野さん？」

訊き返したこちらの声を受けつけたように、

「こ、う、の、た、え、こ、さ、ん、は」

と、ゆっくり、はっきり、言い直した。

「河野多恵子さんね、はい！」

「あ、く、に、ん、で、す」

毬栄さんの躰が、ぶるっと震えたのがわかった。

「河野多恵子さんは悪人です。それで？」

「気を、おつけ、あそばせ！」

会話の中に、突然、山の手の奥様風な丁寧語をいれるのは、大庭みな子さんの癖の一つであった。

「河野多恵子さんは悪人です。気をおつけ遊ばせ」

包帯のお化けになった大庭みな子がそう言った。私は思わずあたりを見廻した。毬栄さんが赤くなり、突然、身をひるがえして、走りだした。

気がつくと、私も同じ行動をとっていた。

高橋　女性同士だし、特に作家なんて、自分が世界一だと思っているじゃないですか、だいたい、みんな。

瀬戸内　そうなの、そうなの。

高橋　寂聴先生もそうでしょう?

瀬戸内　いや、わたしは、わりあい、男みたいなところがあるからね。

高橋　そうは思わない?

瀬戸内　ちゃんと河野多惠子も認めるし、大庭さんも認めるところがありますけどね。彼女たちは認めないのね、自分しか認めないのね。

高橋　そうですね。ぼくは、ものすごく友情関係が深いと思うのは、特に河野さんとの関係です。河野さんとはデビュー前からのお付き合いですよね。まだ同人誌時代からの。『いのち』の中で一番好きなエピソードなんですが、河野さんは作家になる前、家から仕送りをされていたんですよね。

瀬戸内　そうらしいね。

高橋　それで、家から仕送りを止められそうになった、だから……。

瀬戸内　わたしが行ったのね。

高橋　でしょう？　寂聴先生が説得に行ったんですよね。

瀬戸内　そう、そう。大阪の家でしたよ。

高橋　実家に行って、なんて言ったんでしたっけ。

瀬戸内　「河野さんは非常に才能があるし、必ず芥川賞をとりますから、もうちょっと仕送ってやってください」と言ったの。

「どうか多恵子さんへの月々の仕送りを、もう少し、つづけてあげて下さい。多恵子さんは天性文学の才能にお名前通りたくさん恵まれていらっしゃいます。『文学者』の御大の丹羽文雄先生も、とても期待されていらっしゃいますよ。私は多恵子さんを天才だと信じています。もう少し、ほんとにもう少し援助してあげて下さい。私が誓って申しあげます。多恵子さんは近い将来、必ず芥川賞を受賞され、女性の作家では筆頭になり、日本ばかりでなく外国でもじゃんじゃん読まれる小説家になります。

私を信じて下さい。私は嘘は決して申しません」
　よう、そんなでたらめが言えるよと、心の隅では我ながらあきれながら、私はものに憑かれたように熱弁をふるっていた。御両親の目に涙が浮んできた。私もつられて両眼が涙で霞んできた。

高橋　そうしたら、結局、（芥川賞を）とっちゃったんですよね。

瀬戸内　うん。あれはね、結婚した絵描きがいたでしょう。あの人がとてもいい旦那だったの。おだててくれてね。

高橋　読んでいると、河野多恵子さんとの関係は、もはや同志みたいなもんですよね。

瀬戸内　なんであれを書いたかって、わたしはやっぱり、同時代の女の作家の中では、あの二人を才能があると認めているからなんですよ。それで、書いておかなきゃと思って書いたの。

高橋　『いのち』を読むと、寂聴先生が書かれてきた評伝の集大成みたいな感じがするんですよね。

瀬戸内　ああ、そうですか。そんなことを言ってくれたらうれしいですね。

高橋　そのほかに、宇野千代さんとか、円地文子さんとか、有吉佐和子さんとかも出てくるじゃないですか。

瀬戸内　書いているうちに、ますますあの二人の優秀さがよくわかってきてね。二人とも、わたしが書いてあげてよかったんじゃないの。

高橋　文学史の中にこの二人をきちんと位置付けたということになると思います。

寂聴先生の小説では、ぼくは『場所』（二〇〇一年）という小説も大好きなんです。『場所』では、寂聴先生が自分の過去と、自分の付き合った人たちの思い出の場所に行くんですが、『いのち』では、自分の同志たちの生きた証を探してとどめた、という感じ。ですから、『いのち』は「戦友のいのち」という感じに僕は読みました。とても素敵でした。

瀬戸内　そう。ありがとう。

心に燃えるものがないと、小説なんて書けない

高橋　女性作家は、男性作家に比べて、ある種の差別がありましたよね。なかなか認められない。でも、いまは、もっと若い世代になって。この前、柳美里さんが、アメリカで全米図書賞（翻訳文学部門）をとりました。

瀬戸内　柳美里は、ずっと昔から知っているんですけどね、なかなかいいですよ、あの子は。

高橋　いいですよね。それで、多和田葉子さんも数年前にとりました。世界に出て、賞をとって、売れているのは、村上春樹さんを除くと、女性作家ばかり。そうなりつつあるので、それはちょっと、男性作家として如何なものかと思うんですが。そういうふうになってきた、いまの女性作家たちについては如何ですか。

瀬戸内　日本の女性作家というのはね、なかなか優秀ですよ、みんな。ほかのことをやってもできる人たちが、小説を書いている。若い世代ともわたしは付き合っているんですけどね、みんな、優秀ですよ。おもしろい、とってもおもしろい。

高橋　それはどこから始まったかとよく考えるんですけど、やっぱり、紫式部の時代から。

瀬戸内　まあ、紫式部や清少納言は、あまりに昔だけど。ただね、日本の女たちは非常に優秀です。近代になってから、ちゃんと勉強もしているでしょう。だからね、男よりおもしろいのがいるわね。

高橋　めんぼくないです。男も頑張りますので（笑）。それで、ちょっと、小説について、もう一つだけいいですか。この前、ある芸能人が不倫で謝罪会見をやっていました。知っています？

瀬戸内　はあ、はあ。

高橋　それで痛めつけられていたんですけど、前に乙武洋匡さんが不倫で社会的に指弾されたときに、「小説を書いたらどうです」とおっしゃっていましたよね。「作家は恥を書き散らして金を稼ぐもんだから、あんた、小説書きなさい」って。

瀬戸内　そう、そう。不倫で金儲けができるのは作家だけですよね。ハッハッハ。

高橋　でも、いまは、何か失敗したら、ひどく攻撃されることが多くなりましたよね。

瀬戸内　そう。なんでなの？　なんであんなこと言うのかしらね。自分のことじゃないんだから、放っておけばいいじゃないのね。結局、やきもちをやいているんじゃないかな。

高橋　自分が何かされたら、それはね、文句を言えばいいけれど。

瀬戸内　柳美里なんてね、会うと、「いまはこの男」なんて、写真を見せるよ。アッハッハ。本当に。なかなかいいですよ、あの人。

高橋　ですよね。それを言う寂聴先生自身も、恋多き人生を送ってきたわけですから。

瀬戸内　だってね、作家はいくつになっても、やっぱり、セックスができるとかできないとかじゃなくて、心に燃えるものがないと、小説なんて書けないですよ。

高橋　わかりました。その精神を忘れずに、ぼくも頑張りたいと思います（笑）。そろそろ時間がなくなってきたのですが、もう少しだけお聴きしたいんですけど。

瀬戸内　どうぞ。

どん底に落ちたら必ず跳ね上がる

高橋　これを収録しているのは二〇二〇年十二月なんですが、今年一年を振り返って、どんな年だったのだろうと。

瀬戸内　いやな年でしたね。本当にね。いまでも新聞見たら、何人死んだとか、どこどこで死んだとか、そんなのばっかりでしょう。戦争のときもいやだったけども、それぐらい、いやなときじゃないかな。

高橋　ですよね。ぼくは、戦争のときの経験はないんですが、よく、戦争中に生きておられた方は、「あのときと雰囲気が似ている」とおっしゃいますよね。

瀬戸内　戦争だって、普通の庶民はそれをやめさせることはできないでしょう。今度のだって、つかまえようがないものが頑張っているんだから、本当に戦いようがないですよね。

高橋　いまのところは防衛するだけですものね。

そういう年だったんですが、この番組は新年に放送いたしますので、年始にあたって、できたらメッセージを。

瀬戸内　人間ってね、のんきなところがあるから、いま、現在がどんなに悪くても、明日は今日よりもマシだろうとか、年が明けたら、来年は今年よりいいだろうと、そういうふうに思うのね。だから生きていられるんですよ。

高橋　なるほど。

瀬戸内　物事は、どん底に落ちたら必ず跳ね上がるでしょう。ボールでも何でも、地に落ちたら跳ね上がるじゃない、その力で。だから、人間も、現在が本当にいやだと思っても、一番いやなところまで行けば、絶対、跳ね上がるからね、大丈夫、頑張れと言いたいのね。

高橋　わかりました、「大丈夫だから頑張れ」ですね。

「なんで書くのか」と問われたら……

高橋　それで、最初にした話に戻るんですが、さっきも言いましたように、寂聴さんが書かれた五千枚の原稿用紙。これで終わりかなと思っていたら、残りが二百枚ぐらいになっていて、「次、二千枚ぐらい注文しようかな」と書いてあったと思うんですね。それが五千枚また注文して、それももうないんですよね。ここでちょっとぼくの提案なんですけど、一気に一万枚注文したらどうでしょうか（笑）。

瀬戸内 そう、一万枚注文、いまからしてもいいなと思っているんです。

高橋 本当に？ いやいや、素晴らしい。ぼくも一応、同じ小説家なんですが、そんなにしても書き続けたい文学というのはなんでしょうか？

瀬戸内 これはね、やっぱり、病気ね。お酒の好きな人は、「そんなの体に悪いですよ」なんていくら言っても飲むでしょう。それと同じように、「書くな」って言ったって、やっぱり書くんですよね。

このごろ、ちょっと三島由紀夫のことを思い出してね、毎日、三島由紀夫をいろいろ読んでいるんですけど、あの人もね、やっぱり病気よね。

高橋 確かに病気ですよね。作家って、ぼくもそう思うんですけど、「なんで書くのか」と言われたら、よくわからないですよね。病気だから書いていると思います。

瀬戸内 好きだから書いているんですよ。

高橋 もちろん、寂聴先生もぼくも、原稿でお金をもらって生活しているんですが、じゃあ、お金をもらわなかったら書かないのかというと、書いているような気がするんです。

瀬戸内　それは書くんですよ。安くっても書くんですよ。「あそこは原稿料が安いから書かない」なんて、誰も思わないでしょう。

高橋　そうなんです。どんなところでも書いていますからね。

瀬戸内　そんなことを言う作家は見たことがないわ。

高橋　ぼくね、いま、一番安い原稿料は、うちの子どもが行っている学校のクラスの雑誌です。ここだけ無料で連載しているんです。すごく真剣に書いていますよ。楽しいから。

瀬戸内　それはね、仏教で言う布施(ふせ)だからね、仏さまからちゃんと返ってきます。

高橋　ありがとうございます。

瀬戸内　原稿料が高いからいいものを書くなんて、絶対ないよ。たとえば新聞の連載とか週刊誌の連載なんかやったら、もう、びっくりするぐらいくれるじゃないですか。それがうれしいかというと、まあ、最初はうれしいよね。「おお、こんなにくれた」と思ってうれしいけど、そんなの二か月も経ったらうれしくないですよ。それでやっぱり、安いけれど文芸雑誌に書きたいと思うわね。

高橋　それは、なんででしょうかね。

瀬戸内　なんだろうね。

高橋　文学は、それを書いているとほかのことを忘れちゃいますよね。

瀬戸内　原稿料なんか忘れてしまうのよね。売れないなんて、そんな、気にならないのよね。「あの人は売れている」なんて思わないよ、そんなこと。作家という者は、普通の欲はないわね。

高橋　そうですね。ほかの欲はいろいろあるけどね。さっきちょっと、話が途中になったんですけど、三島由紀夫のことを、いま、読んでいると？

瀬戸内　ここんとこずっと三島さんのことを考えてる。朝から晩まで考えているんですよ。本も読んでいる。

高橋　三島由紀夫の何が気になっているんですか、先生。

瀬戸内　わたしね、わりと三島さんと付き合っているんですよ。ファンレターを出したら、それに返事が来てね。それからずっと、手紙のやり取りをしているの。「あなたの手紙はおもしろいから、僕は返事を出さない主義だけど、出す」と言ってね、死ぬまで仲がよかったんですよ。

高橋　そうなんですか。

瀬戸内　だから、いろんなことを知っているの。亡くなってからも、三島さんの弟さんのところへ旅行に行って世話になったときに、彼が三島さんのことばっかり言ってね。それで、いかに川端康成さんのことを三島一家が恨んでいたかとか、ハハハ、いろいろ聞きましたよ。

高橋　まだ書かれていないことがたくさんあるということですね。

瀬戸内　三島さんがノーベル賞をもらっていたら、川端さんも死ななかったし、三島さんも死ななかったね。

高橋　ああ、それはそうかもしれないですよね。

瀬戸内　あれは本当に、ノーベル賞の選考者に、アホがいたんですよ。

高橋　そのせいで、二人とも死んじゃったみたいなもんですね。

瀬戸内　うん。

高橋　三島さんが亡くなって五十年ということで、今年はいろんな本も出てブームにはなったんですね。いま読むと非常におもしろいし、いまのいろいろなことを予言しているようでもあるし。だから、誰かが三島由紀夫についてもう一回きちんと書いたほうがいいと思っていたので。

瀬戸内　そうです、そうです。

高橋　特にこういう時代だからこそ、寂聴先生、書きましょうよ、三島由紀夫のこと。

瀬戸内　いや、書きたい。この間からずっと三島さんのことしか考えていないの。毎日、いろいろ読んでいるんですよ。それで思い出してね、「かわいそうだな」と思って。

高橋　この番組が終わったら、ぼくが担当編集者に電話しておきます（笑）。先生、覚悟しておいてくださいね。原稿用紙も一万枚注文するそうですので。

瀬戸内　ハッハッハ。もうしていますよ。

高橋　もうしています？　先生、すごいですね、一万枚って。ぼくだって、これから死ぬまでに書けるかどうか。

瀬戸内　死んで原稿用紙が残ったら、うちに来ている文学おばさんがいっぱいいるじゃないですか、そんな人たちに分けてあげればいいと思ってね。

高橋　わかりました、ぜひ、そうしてください。

瀬戸内　いま気がついたけど、あなた、声がいいですねえ。

高橋　ありがとうございます。

瀬戸内　それで女を口説くのね。ハハハ、わかった。

高橋　新年早々、ありがたいお言葉をありがとうございました（笑）。寂聴先生、本当にありがとうございました。

瀬戸内　はい。また会いましょうね。

高橋　ぜひ、行きたいと思っています。

瀬戸内　飲みましょうね。

高橋　飲みましょう。それで、肉を食べましょうね。

瀬戸内　はい、そうしましょう。うち、いっぱいありますからね。

高橋　ワインは持っていきますので、肉はお願いします。

瀬戸内　はい、はい。お酒もいっぱいありますから、大丈夫。

高橋　ありがとうございます。では、二〇二一年もどうぞお元気で。

瀬戸内　はい。あなたもお元気で。

高橋　ありがとうございました。

瀬戸内　はい、はい。楽しかったです、ありがとう。

高橋　こちらも楽しかったです、ありがとうございました。

瀬戸内　はい、どうも。

2017年夏、原稿執筆する瀬戸内寂聴さん(写真提供:寂庵)

特別寄稿

瀬戸内さんの文学とわたし

高橋源一郎

瀬戸内さんの文学について書くよう求められ、そのつもりで書きはじめたが、うまくいかなかった。なぜだろうか。瀬戸内さんのことを、評論のように書く気にはなれないからだ。だから、個人的な思い出として書くことにする。それなら、書けるだろう。そう思った。

もちろん、最初は「瀬戸内晴美」だった。

その名前の作家がいることは知っていた。中学生の頃にはすでに。もちろん、読んではいなかった。早熟な文学少年で、日本や世界の先端の作品を読んでいることが自慢だった。なので、読まずに「瀬戸内晴美」のものなどたいしたことはない、と思っていたのだ。「瀬戸内晴美」との出会いが、『美は乱調にあり』であることは、この本におさめられた対談で話した通りだ。そのとき付き合っていた女性が、わたしに、この本を読むよう勧めたのである。

学生運動で逮捕されて八カ月、拘置所生活をおくった後、わたしは大学に戻った。十九歳の時だ。そして、Eという女性と出会い、一緒に暮らすようになった。本を勧められたのは、その頃のことだったと思う。アナーキストである大杉栄のことは知っていたが、そのパートナーの伊藤野枝のことは知らなかった。

『美は乱調にあり』を初めて読んだとき、複雑な感情を抱いた。そこには、いままで読んだことのない新しい何かが含まれているような気がしたからだ。それは、仮に現在の言葉に翻訳するなら、「フェミニズム的視点」ということになるかもしれない。だが、そんな言葉も概念も、わたしは知らなかった。また、そんな「視点」におさまるものでもなかった。

いや、ほんとうは、そんな女性作家はすでに生まれていた。たとえば森崎和江である。わたしは、森崎も読んでいたのに、そのことに気づかなかった。まだ、なにも読めてはいなかったのだ。ただ文字を追って、その意味がわかると、それで、本を読めた気がしていた。瀬戸内さんや森崎さんだけではなく、どんな本もである。

その時代の青年にとって、社会の変革や表現の変革こそが、目指すべきものだった。それは、男女の関係より重要だ。無知な学生にすぎないわたしは、そんなふうに思っていた。「男女」といえば、恋愛とセックス、それしか思いつかなかった。もっとも、経験など皆無に等しかった。おそらく、経験がないからこそ、そう思いこんでいたのだろう。

だが、『美は乱調にあり』は、簡単にいうなら、そんなわたしを打ち砕いた。それは、革命運動に従事する大杉栄と伊藤野枝のカップルの物語だった。だが、彼らが直面したのは、いや、正確にいうなら、伊藤野枝が直面したのは、「革命運動」だけではなかった。もっと重要なものに、対峙（たいじ）しなければならなかった。

それは、「この社会において女性であるということ」の意味である。

Eが、わたしに『美は乱調である』を読ませたのは、自分自身を伊藤野枝に、そして、わたしを、大杉栄に擬（ぎ）したからだろう。彼女は、わたしを買いかぶっていたのだ。彼女は、出版されたばかりの「伊藤野枝全集」も持っていて、わたしに「これも読まない？」といった。わたしは、そのうちの一冊を、ぱらぱらめくってみた。そして、「おもしろそうだね」といった。

それは、「瀬戸内晴美」の言葉を介して届けられた、Eからのメッセージだった。自由を愛するアナーキスト・大杉栄も、伊藤野枝の影響を受け、世界との戦い方を変えてゆく。戦場は、「外」ではなく、人と人との間、男と女の間にもあった。いや、その場所こそ、真の戦場なのかもしれなかった。だが、わたしは、彼女のメッセージから目をそむけた。本の中にある世界と現実の世界は、わたしにとって、別のものだったのだ。

実は、関東大震災の混乱の中で、大杉栄と伊藤野枝を虐殺した憲兵大尉・甘粕正彦は、父方の親戚にあたる。父方の実家に戻ると、よく、「甘粕大尉」の話が出た。わたしが会ったことのないその人を、祖母や大叔母や叔母たちは、「美男子だったんやで」といっていた。わたしは、大杉と伊藤を虐殺した人間に繋がる者だったのだ。

それから、わたしは、瀬戸内さんの作品を読むようになった。瀬戸内さんの作品は、数えきれないほどある。だから、正直にいって、その五分の一も読んではいないと思う。『源氏物語』は読んだし、小説はずいぶん読んだ。ケータイ小説まで読んでしまった。晩年に近く、『場所』のような不滅の傑作を残されたのは嬉しかったし、『いのち』を読んだときには、もっとたくさん書いてほしいと思った。もっとずっと自由になって、まだ知らない瀬戸内さんのことを教えてほしいと思った。だが、結局、気がつくと、わたしが、何度も読み返してきたのは、次の一群の作品だった。

『田村俊子』、『かの子撩乱』、『美は乱調にあり』、『お蝶夫人』、『遠い声』、『余白の春』といった、女性たちの伝記小説である。

田村俊子、岡本かの子、伊藤野枝、三浦環、管野須賀子、金子文子。女性が女性である故に抑圧された時代に、誰よりも自由に生きた女たちを、瀬戸内さんは書き続けた。

わたしは、男性であるのに、瀬戸内さんの本の中で躍動する女たちの姿と声に魅せられてきた。そして、あるとき、瀬戸内さんが描いた女たちは、実は、それぞれ別の時代に生きた、もうひとりの瀬戸内さんであることに気づいた。

田村俊子には、彼女を文学に誘った夫の田村松魚と、その後恋に落ちた、鈴木悦や窪川鶴次郎がいた。そして、そのさなかで彼女は小説を書いた。

岡本かの子には、彼女をミューズとして無償の愛を捧げる夫一平と、公認の愛人ともいうべきふたりの男性がいた。

伊藤野枝には、彼女を成長させた夫の辻潤と、そんな成長した彼女をさらに自由に雄飛させた大杉栄がいた。

管野須賀子にも、彼女の夫になった荒畑寒村と、その後、彼女と運命を共にする幸徳秋水がいた。

三浦環も金子文子も恋多き女であった。男たちと共に、あるいは男たちに対して、戦いを挑んだのである。

こんなふうに書けば、瀬戸内さんの読者は、彼女たちが、瀬戸内さんが繰り返し書いてきた、精神的なパートナーだった作家・小田仁二郎と、宿命的な不倫関係にあった年下の青年との三角関係を、再現していることに気づくだろう。瀬戸内さんは、「伝記小説」というスタイルで、自分自身の物語を書き続けたのだ。

いや、それは正確な言い方ではないだろう。瀬戸内さんは、嗅ぎ分けることができたのである。男性中心のこの社会の中で、もし女性が自由に生きるのだとしたら、ひとりの力ではなく、真のパートナーが必要なこと。そして、そのとき、パートナーも、真の自由に直面せざるをえないことを。

わたしに『美は乱調にあり』を教えてくれたEとは、二十一歳のとき、別れた。わたしたちの間に生まれた女の子は彼女が引き取り、伊藤野枝をテーマに卒論を書いて、彼女はシングルマザーになった。わたしは、子どもを棄てたのである。若き日の瀬戸内さんが、そうであったように。だが、わたしは、瀬戸内さんとちがって、そのときには、文学のあとを追わなかった。それに対して、彼女は、伊藤野枝のあとを追いかけているように見えた。

それから九年後、わたしたちは再会した。子どもは大きくなっていて、わたしたちは、やり直すことができるように思えた。その頃、わたしは、デビュー作となる小説を書き終えたばかりだった。その間ずっと、わたしは、一度は目指した文学への道を諦めていたのである。

もう一度、「伊藤野枝と大杉栄」に戻れるかもしれない。わたしは、そんなことをぼんやり考えていた。そして、彼女もまた、そうにちがいないと。

投稿した作品の結果がわかる前に、彼女から決別の手紙が来た。「あの頃の物語にはもう戻れない。現実の世界で生きていたい」と彼女は書いていた。

わたしが書いた作品の受賞の報せが届いたのは、その一月後のことだった。それが、わたしのデビュー作『さようなら、ギャングたち』で、帯を書いていただいたのが瀬戸内さんだった。

『美は乱調にあり』を初めて読んだとき、不思議な気がした。それは確かに伝記であり、フィクションではなかった。けれども、同時に、そこに登場する人たちは、現実よりも生き生きしているように見えた。いや、もしかしたら、その小説の中では、現実よりも遥かに生々しく、生きることができるのかもしれない。そう思った。

いまこうやって、わたしの個人的な思い出について書きながら、不思議な感覚が襲ってくる。

わたしとEは、瀬戸内さんの作品を読んだ。それは、単なる本ではなく、わたしとEの血となり、肉となった。だとするなら、わたしとEは、瀬戸内さんが書いた、大きな物語の登場人物なのかもしれない。

「一度、その方を連れていらっしゃい」

瀬戸内さんの、そのお願いを、果たせなかったことが、わたしにとっていちばん大きな悔いとなって残っている。

訳あって、これまで瀬戸内さんへの追悼は書いていない。だから、これが、わたしから瀬戸内さんへの追悼文となる。

ありがとうございました。もう少しの時間、あなたのあとを追いかけて、書いてゆきたいと思います。さようなら、瀬戸内さん。

瀬戸内寂聴　略年譜

斎藤愼爾氏著『寂聴伝』（新潮文庫）の「瀬戸内晴美・寂聴略年譜」、徳島新聞掲載の「瀬戸内寂聴さん年譜」などを参考にして作成。

一九二二年		五月十五日、徳島市に生まれる。本名は晴美
一九四〇年	18歳	四月、東京女子大学国語専攻部に入学
一九四三年	21歳	二月、徳島で結婚。九月、東京女子大学を戦時繰り上げで卒業し、十月に北京に渡る
一九四四年	22歳	八月、長女誕生
一九四五年	23歳	八月、北京で終戦を迎える
一九四六年	24歳	八月、引き揚げで、一家三人で徳島に帰る
一九五〇年	28歳	二月、離婚。十二月、少女小説が掲載され、はじめて原稿料を得る
一九五七年	35歳	一月、『女子大生・曲愛玲』で第三回新潮社同人雑誌賞を受賞

一九六一年	39歳	四月、『田村俊子』で第一回田村俊子賞を受賞
一九六三年	41歳	四月、『夏の終り』で第二回女流文学賞を受賞
一九七三年	51歳	十一月十四日、岩手県平泉町の中尊寺にて得度。法名は寂聴
一九七四年	52歳	十二月、京都市右京区の嵯峨野に寂庵を構える
一九八一年	59歳	六月、第十七回徳島新聞賞・文化賞を受賞
一九八三年	61歳	十一月、京都市文化功労賞を受賞
一九八四年	62歳	十一月、京都府文化功労賞を受賞
一九八七年	65歳	五月、岩手県浄法寺町（現・二戸市）の天台寺住職に就任
一九八八年	66歳	四月、敦賀女子短期大学学長に就任（〜一九九二年三月まで）

一九九二年	70歳	十月、『花に問え』で第二十八回谷崎潤一郎賞を受賞
一九九四年	72歳	三月、第十一回京都府文化特別功労賞を受賞。十一月、第二十回徳島県文化賞を受賞
一九九六年	74歳	三月、『白道』で第四十六回芸術選奨文部大臣賞(文学部門)を受賞。十二月、現代語訳『源氏物語』の刊行を開始
一九九七年	75歳	十一月、文化功労者に選ばれる
一九九八年	76歳	四月、現代語訳『源氏物語』第十巻刊行(全十巻完結)
二〇〇〇年	78歳	十月、徳島市名誉市民になる
二〇〇一年	79歳	十二月、『場所』で第五十四回野間文芸賞を受賞
二〇〇二年	80歳	一月、新作歌舞伎『源氏物語　須磨・明石・京の巻』で第三十回大谷竹次郎賞を受賞
二〇〇五年	83歳	六月、天台寺住職を退任

二〇〇六年	84歳	一月、イタリアで国際ノニーノ賞を受賞。十一月、文化勲章を受章
二〇〇七年	85歳	一月、徳島県民栄誉賞を受賞。十月、京都市名誉市民になる
二〇〇八年	86歳	九月、京都創造者大賞を受賞。十一月、第三回安吾賞を受賞
二〇〇九年	87歳	十一月、鳴門市大麻町に寂庵分院「ナルト・サンガ」を開く(〜二〇一四年八月に閉庵)
二〇一一年	89歳	十一月、『風景』で第三十九回泉鏡花文学賞を受賞
二〇一四年	92歳	十月、第一回モラエス賞を受賞
二〇一八年	96歳	一月、第八十八回朝日賞を受賞。三月、句集『ひとり』で第六回星野立子賞を受賞
二〇二〇年	98歳	一月、第十一回桂信子賞を受賞
二〇二一年	99歳	十一月九日、永眠

【放送記録】

・関西発ラジオ深夜便 こころの時代「源氏物語にとりつかれて」
1998年12月12日、19日（NHKラジオ第1）

・ラジオ深夜便 人生“私”流「ワクワクしたい」
2008年12月13日（NHKラジオ第1） 聞き手 柴田祐規子

・ラジオ深夜便 こころの時代「悔いなく生きる」
2010年3月29日（NHKラジオ第1） 聞き手 明石勇

・ラジオ深夜便 新春対談「生きることは愛すること」
2019年1月1日、2日（NHKラジオ第1） 聞き手 山田亜樹

・高橋源一郎の飛ぶ教室「新春！ 初夢スペシャル」
2021年1月1日（NHKラジオ第1）

伊藤比呂美（いとう・ひろみ）

1955年、東京都生まれ。詩人・作家。78年『草木の空』でデビュー。99年『ラニーニャ』で野間文芸新人賞、2006年『河原荒草』で高見順賞、『とげ抜き新巣鴨地蔵縁起』で07年萩原朔太郎賞、08年紫式部文学賞を受賞。15年早稲田大学坪内逍遙大賞、19年種田山頭火賞を受賞。『良いおっぱい悪いおっぱい』『いつか死ぬ、それまで生きる わたしのお経』など著書多数。

高橋源一郎（たかはし・げんいちろう）

1951年、広島県生まれ。作家・明治学院大学名誉教授。81年『さようなら、ギャングたち』で群像新人長編小説賞優秀作を受賞しデビュー。88年『優雅で感傷的な日本野球』で三島由紀夫賞、2002年『日本文学盛衰史』で伊藤整文学賞、12年『さよならクリストファー・ロビン』で谷崎潤一郎賞を受賞。『学びのきほん 「読む」って、どんなこと？』など著書多数。

瀬戸内寂聴 せとうち・じゃくちょう

1922年、徳島市生まれ。
小説家、僧侶。東京女子大学卒業。
57年『女子大生・曲愛玲』で新潮社同人雑誌賞、
61年『田村俊子』で田村俊子賞、63年『夏の終り』で女流文学賞受賞。
73年に得度。92年『花に問え』で谷崎潤一郎賞、
2001年『場所』で野間文芸賞受賞。06年文化勲章受章。
代表作に、現代語訳『源氏物語』(全10巻)のほか、
『比叡』『釈迦』『秘花』『いのち』など多数。
2021年11月9日逝去。

NHK出版新書 672

百歳 いつまでも書いていたい
小説家・瀬戸内寂聴の生きかた

2022年3月10日　第1刷発行

著者　瀬戸内寂聴

発行者　土井成紀

発行所　NHK出版
〒150-8081 東京都渋谷区宇田川町41-1
電話 (0570) 009-321(問い合わせ) (0570) 000-321(注文)
https://www.nhk-book.co.jp (ホームページ)
振替 00110-1-49701

ブックデザイン　albireo

印刷　壮光舎印刷・近代美術

製本　二葉製本

Printed in Japan ISBN978-4-14-088672-4 C0295

NHK出版新書好評既刊

独裁の世界史
本村凌二
なぜプラトンは「独裁」を理想の政治形態と考えたのか？ 古代ローマ史の泰斗が2500年規模の世界史を大胆に整理し、「独裁」を切り口に語りなおす。
638

はやぶさ2 最強ミッションの真実
津田雄一
世界を驚かせる「小惑星サンプル持ち帰り」を完璧に成功させたプロジェクトの中心人物が描く、スリルと臨場感にあふれた唯一無二のドキュメント！
639

愛と性と存在のはなし
赤坂真理
私たちは自分の「性」を本当に知っているか？ 既存の用語ではすくい切れない人間存在の姿を、作家自身の生の探求を通して描き出す、魂の思索。
640

渋沢栄一「論語と算盤」の思想入門
守屋 淳
答えのない時代を生きた渋沢の行動原理とはなんだったのか。その生涯と思想を明快に読み解き、偉業の背景に迫る。渋沢栄一入門の決定版！
641

家族と社会が壊れるとき
是枝裕和
ケン・ローチ
貧困や差別に苦しむ人々や、社会の見過ごされがちな側面を撮り続けてきた映画監督ふたりが、「不平等な世界」との向き合い方を深い洞察で示す。
642

空想居酒屋
島田雅彦
酒場放浪歴40年、料理歴35年の小説家が、理想の居酒屋を開店した？ 「文壇一の酒呑み&料理人」が放つ、抱腹絶倒の食エッセイ！（レシピ・カラー付）
643

NHK出版新書好評既刊

あの人はなぜ定年後も会社に来るのか
中島美鈴

会社という居場所を失ったとき、なぜ男性は老後の時間を有効に使えないのか？ 認知行動療法のプロが語る、不安の正体と孤独との対峙法。

644

マルクス・ガブリエル 新時代に生きる「道徳哲学」
丸山俊一＋NHK「欲望の時代の哲学」制作班

大反響番組「コロナ時代の精神のワクチン」を書籍化！ コロナ時代にこそ可能な「自由」とは？ 対話形式で平易に説く、ガブリエルの哲学教室。

645

カラスをだます
塚原直樹

カラス語の理解者にして全国から引っ張りだこのカラス対策専門ベンチャー創業者が、カラスを調べ、追い払い、食べながら、共存の方法を探求する。

646

大河ドラマの黄金時代
春日太一

『花の生涯』から『黄金の日日』『独眼竜政宗』『太平記』まで。プロデューサー、ディレクターたちの貴重な証言を織り込み、「黄金時代」の舞台裏に迫る。

647

アドラー 性格を変える心理学
岸見一郎

世の中には「性格は生まれつき」と考えて、あきらめてしまう人が少なくない。『嫌われる勇気』の著者が、アドラー心理学を軸に、性格の常識を覆す。

648

「超」英語独学法
野口悠紀雄

リスニング練習から暗記術、AI活用法まで。専門家同士のやりとりや英文読解、会議での討論、メール作成などに役立つ超合理的勉強法！

649

NHK出版新書好評既刊

NHK出版新書好評既刊

「旧制第一中学」の面目
全国47高校を秘蔵データで読む
小林哲夫
「地元最強ブランド」の根拠は何か。なぜステータスを維持する学校と失う学校があるのか。明治から令和までの逸話が満載、教育関係者も必読！
669

オードリー・タンが語るデジタル民主主義
大野和基［インタビュー・編］
市民参加型の政治討論、新しい投票方法の導入、徹底した情報公開…。台湾の天才デジタル大臣が、民主主義の革新的なモデルの精髄を説く。
670

テルマエと浮世風呂
古代ローマと大江戸日本の比較史
本村凌二
アッピア街道と東海道から権力のあり方を考え、ワインと日本酒から民衆の暮らしに思いを馳せる。異なる歴史を比べて愉しむ10のエッセイ。
671

現代哲学の論点
人新世・シンギュラリティ・非人間の倫理
仲正昌樹
パンデミックやテクノロジーの急速な進化など、社会の変化によって哲学に今どのような問いが生まれているのか？ 8つの論点を鋭く解説！
667

百歳 いつまでも書いていたい
小説家・瀬戸内寂聴の生きかた
瀬戸内寂聴
楽しい法話で多くの日本人から愛された寂聴さん。ラジオに遺された「小説家」としての言葉に、人が快活に生きるためのヒントがちりばめられている。
672